아주 오래동안 드리는 인사입니다.

매번 이거 오랜 시간이 걸리더라도

우리 꼭, 마주할 수 있는

인연이길 바라요.

나 같은
사람 ——
또 ——
있을까

나 같은 사람 또 있을까

1판 1쇄 인쇄 2019년 12월 6일
1판 7쇄 발행 2021년 3월 15일

지은이   새벽 세시
일러스트   심혜림

펴낸이   김봉기
출판총괄   임형준
편집   김현경
마케팅   김보희, 정상원, 이정훈, 유시아

펴낸곳   FIKA[피카]
주소   서울시 강남구 삼성동 154-11 M타워 3층
전화   02-6203-0552
팩스   02-6203-0551
이메일   fika@fikabook.io
등록   2018년 7월 6일 (제 2018-000216호)

ISBN   979-11-90299-05-3

나 같은
사람 ——
또 ——
있을까

새벽 세시 에세이

FIKA

Contents

Part I

나답게
단단한 나로
살고 싶을 때 _____

Part 2

사람이 너무 좋은데
사람이 너무 싫어질 때 _____

Part 3

우울한 생각이
자꾸만 밀려올 때 _____

가끔 밤늦은 야심한 시각에 라이브 방송을 켤 때가 있습니다. 대체로 조금은 우울하고 누군가와 이야기하고 싶을 때가 많죠. 들어가서 가장 먼저 이렇게 이야기합니다.

"안녕하세요, 여러분. 반갑습니다. 시간이 늦었는데 아직 안 주무시네요? 오늘 하루는 잘 보내셨나요?"

그럼 아직 잠들지 못하고 깨어 있던 친구들이 어디선가 하나둘씩 모여들어 그 작은 공간에서 각자의 하루와 고민을 이야기하기 시작합니다.

"오늘도 정말 너무 힘들었어요. 우울해요."
"어떻게 나한테 그럴 수 있을까요?"
"헤어진 그 애가 너무 보고 싶어요."

전부 다른 하루를 살다 왔지만 거의 비슷한 종류의 푸념을 늘어놓으면서, 그렇게 서로에게 조언하고 공감하는 그 짧은 시간이 지나고 나면. 속에 있는 것들을 털어놓은 친구들은 자기 전 이런 말을 하고는 해요.

"덕분에 편하게 잘 수 있을 것 같아요."
"다들 좋은 밤 보내세요."

우리는 결국 너무 같고도 다른 사람이죠. 전부 다른 설정값을 가지고 있다고 해도 끝내 느끼게 되는 감정과 겪게 되는 상황은 한정적일 수밖에 없으니까요. 너무도 힘든 하루를 보내고 집으로 돌아온 이 순간, 나는 이곳에서 나와 비슷한 삶을 살고 있는 그대들을 생각합니다. 들어주고 공감하는 이가 있다는 것만으로도 큰 위로가 될 때가 많으니까요.

오늘은 여기서 조금 늦은 시간이지만 힘든 하루를 버텨내온 그대들과 조각난 감정들을 나누어보려 합니다. 곁에 앉아 남몰래 숨겨놓은 비밀들을 하나씩 꺼내보아요. 아마 금방 눈치챌 수 있을 거예요. 나와 당신, 그리고 우리가 참 많이 닮아 있음을.

2019년 12월,
당신의 새벽 셰시

나답게
단단한 나로
살고 싶을 때

30번째
사과

아빠는 아직도 가끔 내게 전화를 해서는 내가 아주 어릴 적에, 내가 뒤따라오고 있는 줄 모르고 실수로 자동차 문을 열어 머리를 부딪치게 만들어 미안하다고 말하고는 한다. 이제는 기억도 나지 않는 어떤 순간에 대한 사과를 수차례 들어오면서, 나는 미안하다는 말도 사랑한다는 말로 듣는다. 그렇게 또다시 끝도 없이 오랜 시간 품어온 사랑에 대해 배운다.

To do list

- 다른 사람의 아픔을 나의 잣대로 판단하지 않을 것
- 굳이 남에 대한 부정적인 말들을 공개적인 공간에 열거
  하지 않을 것
- 나를 좋아하지 않는 사람만큼이나 나를 좋아하는
  사람도 많다는 것을 기억할 것
- 상처받더라도 사랑하는 것을 두려워하지 않을 것
- 나 자신이 가진 잠재력을 믿을 것

- 후회하는 일이 있다면 반드시 개선할 것
- 고맙다는 말을 낯간지러워하지 않을 것
- 하고 싶은 일은 언제가 되어도 좋으니 행할 것
- 내 생각을 합리화하지 않을 것
- 합당한 지적을 받는다면 충분히 반성하되 나 자신을
  깎아내리지 않을 것
- 이유 없는 비난을 더 이상 신경 쓰지 않을 것
- 사람은 누구나 이기적이라는 사실을 인지할 것

나답게 단단한 나로 살고 싶을 때

최근
통화목록

나는 내가 죽기 전에 하고 싶은 게 많을 줄 알았는데, 막상
생각하자니 별거 없네. 그냥 지금처럼 똑같이 살다가 가는
게 마음 편할 것 같다. 아무래도 유서 같은 건 남기지 말아
야겠다. 괜히 미안하다는 말만 잔뜩 늘어놓게 될 것 같아
서. 미안하다고 해봐야 그때 가면 아무 소용없는 거잖아.
지금 당장 내가 뭘 어떻게 하겠다는 건 아니고, 그냥 사람
일 모르는 거니까. 알겠어. 앞으로 이런 소리 안 할게. 오늘

은 나가서 뭐라도 좀 해봐야겠다. 하다못해 일어나서 샤워라도 한 번 하고, 날도 좋은데 동네나 한 바퀴 돌고. 야, 너는 내가 부럽다고 했잖아. 나는 네가 부럽다. 사람은 원래 서로 부러워하면서 사는 건가. 그래, 시간 나면 조만간 얼굴이라도 한번 보자. 바쁜 거 아는데 그래도 시간 좀 내줘. 우리 서로 아픈 구석 하나도 모르는 것처럼 웃고 떠들고 미친 사람처럼 뛰어다니다가 집에 가자. 그래, 술은 마시지 말자. 다음날 출근해야 하니까. 우리 이런 말 하고 있으니까 갑자기 어른 된 것 같다. 근데 이런 게 어른이면 그냥 평생 어른 같은 거 안 됐으면 좋겠다. 너도 그렇지?

나,
그다음에 너

파울로 코엘료의 〈The laundry is not very clean〉이라는 글에 이런 구절이 있다.

> *"다른 사람에게서 보이는 것들은*
> *우리가 내다보는 유리창의 청명함에 달려 있다."*

아는 만큼 보이고, 배우는 만큼 들을 수 있다. 내 상황이 부정적이면 누구를 만나도 그 사람을 그 자체로만 판단하기 어려우며, 틀에 박힌 생각을 하는 사람은 관계를 통해 더 큰 세상을 마주하기 어렵다. 결국 모든 것은 나 하기에 달렸다. 누군가로 인해 얻게 되는 것은, 그다음이다.

포기가
답일 때도
있지, 뭐

언젠가 내가 어렵게 꺼내놓았던 물음에 "어쩔 수 없지."라는 답변을 듣고 나서, 문득 정말 세상에 어쩔 수 없는 것이 있을까 생각한 적이 있다. 처음에는 너무 무책임한 말이 아닐까 싶었는데, 나중에는 그거 말고는 생각나는 말이 없더라. 결국엔 나 역시 눈앞에 직면한 일을 외면하고 싶을 때마다 '어쩔 수 없다'는 말을 늘어놓았다. 악의가 담겨 있다기보다는, 정말 말 그대로 내가 이 상황을 어떻게 할 수

나답게 단단한 나로 살고 싶을 때

가 없다 싶을 때, 그럴 때는 차라리 그렇게 말하고 내려놓는 편이 낫더라.

세상에는 아무리 노력해도 안 되는 일도 있다. 그 일에 대한 유일한 해답은 포기다.

그저
나인 채로
살아갈 것

회사에 다니기 시작한 지 꼬박 1년이 지났다. 첫 직장은 아니었지만, 1년이라는 시간을 한곳에서 똑같은 일을 하며 보낸 것이 처음인지라 감회가 새로웠다. 누군가는 내게 이제 사회생활을 시작한 지 1년 정도밖에 되지 않은 새내기라는 타이틀을 붙였고, 나를 조금 더 잘 아는 누군가는 1년이라는 시간을 헛되이 흘려보내지 않은 내가 자랑스럽다며 장난스레 박수를 쳐주었다.

학교를 졸업하고 회사에 취직을 하고, 마치 전부 정해져 있던 것처럼 대수롭지 않게 내 앞에 자리한 길들을 걸어가는 동안 안타깝게도 내가 가장 많이 들어야 했던 말은

"남들도 다 그렇게 살아." 였다.

어느 정도 현실과 타협하고 살아야 한다는 걸 전적으로 이해하면서도 그 말이 왜 그렇게 듣기 싫던지. '남들이 다 그렇게 산다고 해서 왜 나까지 그렇게 살아야 하는 거지?' 하면서 괜히 어깃장을 부리고 싶더라. 눈앞에 자리한 길이 모두에게 같으리라는 건 애초에 판단 오류가 아닐는지.

1주년이 되던 날, 사랑하는 사람과 함께 작은 케이크에 숫자 '1'이 새겨진 초를 꽂고서 이대로 한 해가 지나고 또 다른 기념일이 생기더라도 지금과 같은 마음을 잊지 않게 해달라고 빌었다. 어떻게든 내가 나를 잃지 않는다면, 무언가 대단한 건 아니더라도 적어도 나로는 살 수 있지 않을까.

그렇게
어른이 되고

내가 받은 상처들에 의연해지기 시작할 때부터 우리는 서서히 어른이 되어간다. 넘어져 무릎을 쓸리면 한참을 주저앉아 울곤 했던 어린 시절을 지나, 더 큰 흉터가 생기더라도 자리를 털고 일어나 계속 걸어야 하는 사람이 되기까지. 우리는 얼마나 많은 날들을 버텨야 했는가.

체감 시간

〰
〰
〰

한동안 미니멀 라이프가 붐을 일으켰을 때 트렌드에 맞춰 살아보겠다고 집에 있는 가구들을 주저 없이 버리고, 입지 않는 옷을 헌옷수거함에 잔뜩 내놓은 적이 있다. 좁았던 공간이 넓어지고 쓸모는 없지만 어떻게든 쥐고 있던 것들을 내려놓는다는 게 속 시원하게 느껴지던 것도 잠시, 내가 원하지 않던 때에 그저 남들이 하니까 따라 하듯 행했던 일들은 결국 후회를 남기게 되더라. 내다 버린 작은 탁

상의 쓰임새가 그렇게 많았는지 그제야 알았다.

무언가를 잃고 나서야 알 수 있는 것들은 분명 많은 것을 깨우치게 한다. 물건 정도야 아쉽다 싶으면 어떻게든 다시 구하면 그만이겠지만, 잃은 것이 사람일 때는 완전히 다르다. 다른 것도 아닌 마음을 내려놓는다는 것이 나를 조금 더 성장시킬 것임을 믿어 의심치 않지만, 그것을 행할 때는 절대 다른 사람이 정해주는 것이 아니라 나 스스로 정해야 한다는 것을 알았으면 한다.

분명 시간은 많은 것을 해결해주지만, 각자가 가지고 있는 인생의 시계는 개인의 시차에 따라 다르게 흘러간다. 각자의 체온에 따라 같은 날씨에도 체감 온도가 다르듯이, 각자의 상태에 따라 똑같은 상황에서도 체감 시간이 다를 수 있다. 어떤 것에 대한 집착이 자신을 망가뜨리고 있음을 실감한다면, 그때는 정말 뭐라도 해봐야 하는 때가 맞다. 하지만 내가 아무것도 느끼지 못하는 상태에서 누군가 하라는 대로 한다면 사실 달라지는 것은 없다.

우리가 사는 인생은 짧지만 모순적이게도 아파할 시간도, 무뎌지기 위해 발버둥 칠 시간도, 전부 털어버리고 다시 행복하다 웃게 될 시간도 충분하다. 그러니 조급해할 필요 없이 오늘 하루 동안 내가 할 수 있는 만큼만 해도 좋다. 누구도 무언가를 해내려는 당신을 탓할 자격은 없다.

멍

다른 사람들보다 몸에 멍이 잘 생기는 체질이 있다고 한다. 나도 그런 사람 중 하나인데, 나도 모르는 사이 곳곳에 남겨져 있는 멍들을 볼 때면 대체 언제부터 이렇게 되었는지 참으로 의아하다. 동시에 이 사실을 몰랐을 때보다 두 배는 더 아파져 오는 통증 때문에 나 자신이 참 우스워질 때도 있다.

무방비 상태에서 부딪혀 멍이 드는 것은 비단 몸뿐만은 아닐 것이다. 별거 아니라 생각해 방치해두었던 작은 것이 어느새 마음속에 시퍼렇게 자리하고 있어 발견했을 때는 이미 너무 늦어버렸을 수도 있겠지. 누군가는 분명 남들보다 나약한 마음 때문에 견뎌내는 과정이 꽤나 고될 수도 있고, 상처를 회복하는 과정이 생각보다 오래 걸릴 수도 있지만. 혹여 그 멍이 누구의 잘못도 아니고 오롯이 내가 만들어낸 것이라고 한들 나 자신을 너무 미워하지는 않았으면 좋겠다.

작고 짙게 생긴 멍은 시간이 갈수록 크기가 늘어나 언뜻 보기에는 나아지지 않는다고 생각할 수 있겠지만. 그 짙은 것이 서서히 옅어져 가며 범위를 넓혀갈수록 통증은 조금씩 무뎌질 테고, 그렇게 전부 흐려지고 나면 분명 더는 아파하지 않는 날도 올 테니까. 그때까지 우리는 지금 당장 무엇보다 하찮고 칠칠치 못해 보이는 나 자신이 그 시간을 잘 버텨낼 수 있도록 스스로 자꾸만 다독여주어야 한다.

살다 보면 아무것도 아닌 일이 유독 크게 느껴지는 순간이 오기 마련이다. 자주 부딪히는 부위는 어떻게든 계속해서 상처가 난다. 한번 아파보았던 내가 그 아픔을 또다시 마주했을 때, 적어도 그때만큼은 처음보다 나은 사람으로 조금 더 단단하고 견고해져 있기를.

지나온
것들에 대한
기록

ᵕ
ᵕ
ᵕ

내게 시간이 얼마나 남아 있는지에 대한 확신이 사라진 이후부터는 꽤 많은 것들을 잊어버리지 않고 기억하고 싶어졌다. 내가 애정해 마지않는 것들. 이를테면 봄이 찾아와 무거운 겉옷을 벗어두고 외출했을 때 셔츠 위로 느껴지는 바람의 감촉 같은 것. 한철 지나면 금방 또 사라져버릴 벚꽃이지만 만개한 꽃들을 보겠다고 길을 나서는 사람들의 들뜬 발걸음 같은 것 말이다.

사소한 것들에 느꼈던 애틋한 감정을 되찾고 싶다. 당연하다고 생각하던 것들이 결코 당연하지 않다는 것을 매 순간 인지해낼 수 있다면, 나 자신을 조금 더 소중히 여길 수 있으려나.

오늘도
어떻게든 살아

우울이라는 감정을 두려워하지 않고 있는 그대로 받아들일 것. 이 감정을 그저 지나가는 것으로 치부하지 않고 완전하게 끌어안을 것. 웃을 수 있을 때 온 힘을 다해 웃고, 울 수 있을 때 모든 것을 내려놓고 울어버릴 것. 감정에 솔직하되 이성을 놓아버리지 않을 것. 자주 우울하고 가끔 행복하더라도, 소소하고 잔잔하게 행복할 수 있는 것들을 마음에 쥐고 살 것. 그렇게 어떻게든 살아갈 것. 살아 있는 것 자체가 축복임을 잊지 않을 것.

나답게 단단한 나로 살고 싶을 때

지금,
이곳에서

본가에 어릴 때부터 써왔던 일기장이 담겨 있는 상자 하나가 있다. 유치원 다닐 때 썼던 그림일기부터 초등학교 시절 '일기장'이라고 크게 쓰여 있는 노트에 하루 일과를 기록하기까지 10년 정도의 시간이 고스란히 그 안에 숨 쉬고 있다. 인간의 기억력은 한계가 있는 법이어서 정말 커다란 사건이 아니고서야 자잘한 것들은 금방 까먹기 마련이다. 그럴 때 꺼내든 일기장은 잠시나마 추억 속으로 여행을 떠날 수 있게 해준다.

어린 시절의 일기를 읽는다는 게 괜한 향수병을 일으킬 수 있다는 이유로 사실 성인이 되기 전까지는 판도라의 상자인 양 손을 대지 않았다. 일기장 속 나의 어린 시절에 대한 기대가 너무 컸는지도 모르겠지만, 초등학교 저학년 때의 나와 고학년 때의 나는 놀랍게도 확연히 다른 인생을 살고 있었다.

그래서 일기장 속에 대체 무슨 이야기가 쓰여 있었는데 이러냐고? 차라리 말도 안 되는 이야기들이 쓰여 있었다면 더 좋았을지도 모르겠다. 한 학기가 시작되고 나면 중간고사가 코앞인데 어떡하지? 중간고사를 보고 나면 이번엔 이만큼 점수가 나왔는데 이제 기말고사는 어떡하지? 기말고사를 보고 나면 이번엔 또 이만큼 점수가 나왔는데 방학숙제는 또 어떻게 해야 상을 탈 수 있지? 그러더니 방학 기간 내내 내가 하고 싶어서 하는 것보다는 해야 하는 것에 집중하고 있더라. 다행히 당시에는 그게 당연한 거라고 생각했으니 불행하다거나 싫다고 생각하지는 않았던 모양이지만, 꽤 오랜 시간이 지난 지금 그 시절 나에 대한 기록을 마주하고 있자니 절로 한숨이 나왔다.

그때 내가 했던 노력이 지금의 나로 이만큼 성장시켰다는 것은 알고 있다. 그러나 시험 점수, 팔로워 숫자, 좋아요 숫자, 방문자 수 등 숫자로 보여지는 것들이 얼마나 나를 망가뜨리는지 적어도 그때는 몰랐더라도 지금은 알고 있지 않은가. 날 잡고 처음부터 끝까지 전부 읽어 내려갔던 일기장은 그날 이후로 다시는 꺼내 보고 싶지 않은 것이 되어버렸다. 어릴 때가 좋았는데, 하고 나 자신을 위로하기에는 그때도 결국 똑같았구나 싶어서.

우리는 누구나 지난 과거에 대한 동경이 있다. 10년 뒤의 내가 지금의 나를 안쓰럽게 여기지 않도록 하기 위해서라도 충분히 행복해져야겠다. 과거에 안주하지 않고 미래에 많은 것을 걸지 않으며 바로 지금, 이곳에서.

I'm
fine.

Thank you

요즘 들어 부쩍 내가 뭘 하고 있는지 모르겠다는 생각을 자주 하게 되었다. 자기 길이 어디인지 잘 알고 사는 사람은 세상에 몇 없다고 하지만, 예전에는 행복하게 해오던 일들이 스트레스로밖에 다가오지 않는다는 건 문제임이 분명하다.

사실 우울증이라는 건 별것 아니다. 현대인들이 감기처럼 달고 산다는 마음의 병. 괜찮아졌다 싶다가도 길디긴 잠복기를 거치고도 끈질기게 살아남는 불치병 같은 것. 몸이 아플 때 누군가에게 그 사실을 말하면 걱정과 보살핌을 받지만, 정신이 아플 때 그 사실을 발설하면 결국 나 자신에게 칼을 빼 드는 것과 다름없는 결과를 가져오기 쉽다. 쓸데없는 일반화를 하겠다는 건 아니지만, 수치화하기 힘든 아픔이 다른 사람에게 외면당하는 건 당연할지도 모른다. 그 사람에게도 세상은 자기 자신 하나 신경 쓰기에도 벅찬 곳일 테니까. 정신병자라는 말이 욕으로 통용되는 사회에서 정신이 아픈 이들이 설 곳이 있을까.

나의 우울이 주변 사람들에게 부디 피해를 주지 않았으면 좋겠다. 누구보다 조용히 아프다가 조용히 나아졌다가, 누구에게 기대지 않아도 나 스스로 통제할 수 있을 만큼만 되었다면. 매일같이 꾸는 악몽이나 수없이 속으로 삼켜대는 울음이 겉으로 새어 나오지 않았다면. 이 감정의 늪에도 어느 순간 적응해낼 수 있으려나. 사람들은 내가 배려심이 많고, 희생정신이 뛰어나며, 웬만한 것에는 흔들리지 않는다고 생각한다. 하지만 나는 생각보다 이기적이고, 그다지 손해 보고 살고 싶지 않아 하고, 어떤 부분에서만큼은 그냥 손가락으로 툭 건드려도 바닥을 칠 만큼 약해빠졌다. 누군가에게 내가 커다란 모습으로 비추어졌다면 그건 내가 그 사람을 사랑해서였겠지. 그 힘으로 꿋꿋이 버텨내가며 조금 더 나은 사람이 되기를 기도하던 날들의 일부일 뿐, 그게 온전한 나라고 설명하기는 어렵다.

단 한 사람이라도, 이유 없이 그냥 걸었다는 내 전화에 괜찮냐는 말부터 건네줄 수는 없을까. '그냥'이라는 한마디에 함축되어 있는 많은 것들을 굳이 풀어내어 설명하라고 하지 않고, 다만 내가 주절거리는 영양가 없는 말들을 SOS 요청이라 여기면서 푸른 새벽녘을 꼬박 새워줄 수는 없을까. 아니, 이런 것 하나도 바라지 않고도 괜찮을 수는 없는 건가. 분명 매일 똑같이 살아 있는데, 그게 그렇게 어렵다.

꾀병

〰
〰
〰

이렇게까지 아픈 것도 서러워 죽겠는데, 대체 왜 아픈지
그 이유까지 내 입으로 설명해줘야 하나. 말을 하지 않으
면 도무지 알아주는 사람이 없어서 좀처럼 나아질 수가 없
다고 투정 좀 부려보면 안 되는 건가.

하루에 5초만
용기를 내도
인생이
바뀐다던데

살다 보면 왠지 모르게 오늘이 아니면 안 되겠다, 하는 순간들이 온다. 누군가의 인생에서 커다란 전환점이 될 만한 일들은 대부분 그날로부터 시작된다.

그러니 적어도 오늘이다 싶은 날에는 주저하지 않을 것. 내일의 용기까지 전부 몰아다 사용해도 좋으니 두 번 다시 없을 타이밍을 놓치지 말 것.

행운이
머무는 곳

‘생각하는 대로 이루어진다’는 말은 반은 틀렸고 반은 맞았다. 다들 알다시피 세상은 그렇게 호락호락하지 않다. 그러니 바라는 대로 전부 이루어진다는 말을 대체 누가 믿겠는가. 하지만 이 말이 반 정도는 맞았다고 하는 이유는 믿음이 가지고 있는 힘을 믿기 때문이다.

믿음의 힘은 강하다. 나는 플라시보 효과가 단지 가짜 약

혹은 꾸며낸 치료법으로 병세가 호전되는 데만 적용되는 것이 아니라, 우리 인생의 아주 작은 부분에도 활용될 수 있다고 믿는다. 물론 방향이 잘못되면 허언증 같은 옳지 못한 결과를 초래할 수 있겠지만, 적당한 자기 확신은 사람을 조금 더 좋은 방향으로 성장시키기에 충분하다.

그러나 나 자신을 완벽하게 믿어준다는 것이 그리 쉬운 일은 아니다. 사실 나만큼 나를 잘 알고 있는 사람이 어디 있을까? 이 정도 일은 할 수 있겠다, 하고 무작정 믿어보겠다고 가정한다면 그게 가능한 이유도, 불가능한 이유도 가장 많이 댈 수 있는 사람은 결국 나 자신이다. 이런 의미에서 나는 나의 대체 불가능한 지지자이자, 말 한마디로 모든 것을 무너뜨릴 만큼 무서운 적이다.

그럼 이쯤에서 '대체 어떻게 하면 되는 건데?' 하는 물음이 생길 것이다. 믿음이 충분한 힘을 가지고 있으니 자기 자신을 믿어보라고 하더니 나에 대한 의심이 생기는 일이 당연한 거라고 하면, 결국 완전한 믿음은 없다는 건가?

미안하지만 그 질문에 대한 답 역시 그렇고도 그렇지 않다. 이것이 완전해지는 해답 역시 나 자신에게 달려 있기 때문이다. 앞에서 말했듯이 나 자신은 어떤 일이 불가능한 이유를 가장 잘 알고 있는 사람이다. 그러니 나에 대한 믿음이 완전해지는 방법은 그것을 하나씩 해결해나가면서 시작해야 한다. 아무것도 시도하지 않고 해결되는 일은 없으니까.

하나를 시작하기는 어렵지만, 막상 시작하고 나서 관련된 수많은 일들을 같이 해결해나가는 것은 생각보다 쉽다. 이론을 백 가지 알고 있는 사람보다 하나를 알고 하나를 실천하는 사람이 더 많이 이루는 것처럼, 작은 것에서부터 하나씩 실천하려 노력하는 것이 나를 믿는 첫걸음임을 믿어 의심치 않는다.

시작하든 시작하지 않든 그것은 자유이지만, 시작하지 않고 얻을 수 있는 결과는 없다. 나는 내가 가진 힘을 믿는다. 그리고 이 믿음이 내게 가져다줄 행운을 믿는다.

행운은 어쩌면 그대 마음속 가장 어두운 곳에 있다. 그것을 꺼내 올리는 것은 이제 당신 몫이다.

나답게 단단한 나로 살고 싶을 때

나의 하루

근래에는 평소보다 바쁜 탓에 생각할 수 있는 시간이 적음에도 불구하고 굉장히 많은 생각을 하게 된다. 한편으로는 내가 아직 죽지 않았음이 반갑기도 하고, 또 한편으로는 이렇게 많아져버린 생각들이 언제 다시 나를 감정의 바닥으로 끌어내릴지 겁나기도 한다.

숨을 쉬고 있다고 해서 '살아 있다'고 표현하기에는 어려움이 있다고 생각한다. '계속해서 배우고 성장하는 사람은 늙지 않는다'는 말처럼 지금 이 순간에도 누군가는 젊음을 누릴 수 있음에도 그 사실을 자각하지 못한다. 반대로 또 누군가는 모두가 이제는 그만 쉬라고 말할 법한 나이에도 꾸준히 자기발전을 위해 힘쓴다. 물론 무엇이 정말 맞는 거다, 라는 정답 같은 건 없다. 삶이란 결국 모든 순간이 각자의 선택이다. 어쩔 수 없는 일들이 쉴 새 없이 우리 눈앞에 펼쳐지지만, 같은 일을 겪었다고 해도 다른 결과를 가져오는 것은 분명 그 순간 그들이 했던 선택이 달랐기 때문일 것이다.

나 자신을 조금이라도 더 믿어주려 무던히 노력해왔지만 나를 완전히 신뢰한다는 것은 거의 불가능에 가까웠다. 그 이유 중 하나로 내가 남들보다 꽤나 감정적인 사람이라는 점을 들 수 있는데, 이건 가끔 나를 조금 더 따뜻한 사람으로 비치도록 하는 장점이었다. 하지만 작은 일에도 나를 무너뜨리고 마는 약점이 되어버리기도 했다. 아마 생각이 많다는 것 역시 장단점을 동시에 가지고 있는 특성 중 하나일 것이다. 가끔은 넘쳐흐르는 생각들 때문에 깨어 있는 시간이 잠들어 있는 시간보다 비효율적이라고 느낄 때도 있었으니 말이다.

지나고 보니 인생은 매 순간이 모순덩어리다. 모든 것이 결국에는 앞뒤가 맞지 않는다고 느낄 만큼의 모순. 그러니 나쁜 일도 좋은 일도 희비를 굳이 판단하려 하지 말고, 그저 지나가는 에피소드 중 하나라고 여기며 순간의 감정과 생각에 충실하자는 말을 하고 싶었다.

모든 과정에는 결국 결과가 생기지만 단지 결과만으로 과정을 평가할 수는 없다. 오늘도 나는 또 하루를 살았고, 생각했으며, 조금이나마 생산적이었고, 메말라가지 않으려 노력했다. 적어도 내 기준에서는 전부 나를 위해 행해진 것들이었으니 남들 눈에 그다지 가치 있어 보이지 않더라도 별 상관없는 거다. 오늘 나의 하루가 치열했다는 건 그 누구도 아닌 내가 판단해야 하니까.

Go or Stop

쉽게 이루어지는 일은 없다고들 하는데, 그러면 되지 않는 일은 대체 언제까지 붙잡고 있어야 맞는 걸까. 항상 이 문제가 가지고 있는 모순에 대해 생각해왔지만 쉽게 결론이 나지 않았다.

예전에 TV에 나온 20대 후반의 아이돌 연습생에 대한 반응이 딱 둘로 나뉜 적이 있다. 데뷔를 할 수 있을지 없을지 모르는 상황에서 마지막이라고 생각하고 도전하는 그 사람에게 누군가는 끝까지 포기하지 않은 것에 칭찬을 늘어놓았지만, 또 다른 누군가는 안 되는 걸 이제까지 붙잡고 있으면서 주변 사람을 힘들게 한 현실적이지 못한 부분을 타박했다. 두 의견 모두 한쪽만 맞는다고 편을 들어주기에는 분명 어려운 문제다. 하고 싶은 일을 하고자 했고 또 열심히 했지만, 어쨌든 결과만 보자면 데뷔를 하지 못했으니 경제적인 부분을 가족에게 기대어왔을 가능성이 크고 앞으로의 미래 역시 보장받지 못한다는 건 사실이니 말이다.

그렇다고 시간을 딱 정해놓고 '이 정도까지 해보고 안 되면 그만두세요.' 하고 말할 수도 없는 노릇이다. 사람 인생이 언제 어떻게 풀릴지 모르는데 1년만 더 했으면 정말 잘됐을 수도 있지 않나. 뭐든 하겠다고 노력하는 사람한테는 무슨 말이든 꺼내기 힘든 법이다. 어정쩡한 능력이라 남들보다 특출나다고는 할 수 없지만 그래도 내가 가진 것 중에는 제일인 것이라 포기할 수 없다는 게 어떤 기분인지 겪어보지 않은 사람은 모르겠지.

차라리 모두가 타고나는 것 하나 없이 0의 상태에서 태어났다면 조금은 더 공평했을까. 오직 열심히 사는 사람만이 무언가를 얻을 수 있는 세상이면 사람들은 지금보다 더 치열하게 살았을까. 그렇게 노력하다가 이건 아니다 싶어 멈추려 해도 쉽게 접지 못하는 이유는, 본인에 대한 실망보다는 지금까지의 모든 과정을 실패라고만 정의하는 사람들의 시선이 무서워서일 때가 더 많다. 대체 누가 함부로 그들의 시간에 가치를 매기나. 훗날 어떤 시간에 더 빛나게 될지 모르는 일인데.

아무런 의미 없이 흘러가는 시간은 없다고 했다. 한번 무언가에 도전해 끝없이 노력해본 사람은 다른 것을 시도하더라도 이루어낼 수 있는 충분한 원동력을 가지고 있다. 우리는 왜 보이는 것만 보고 살까.

아, 다르고
어, 다르듯이

내가 잘할 수 있는 일이 무엇인지 확실하게 알고, 평생 그 일을 하면서 먹고살 수 있다는 게 얼마나 축복받은 일일까. 예나 지금이나 아이들에게 "커서 무엇이 되고 싶니?"라고 물으면 특정한 직업부터 나오는 것은 변하지 않은 듯싶다. 아, 그래도 요새는 검사나 의사 같은 소위 '사'자 직업보다도 유튜버가 되고 싶다는 친구들이 더 많아졌다고 들었다. 결국 다들 금전적으로 풍요로워지고 싶은 게 우선인 거다. 어쩔 수 없이 중요한 부분인지라 도저히 뭐라고 는 못하겠다.

평생 계속하고자 하는 일을 찾는 것도 어느 순간 연애와 다를 바 없다는 생각이 들었다. 처음부터 감정조절을 잘하 는 사람이 어디 있으며, 만나자마자 이 사람과 내가 언제 까지 만날 수 있을지 장담하는 사람이 어디 있을까. 결국 일도 똑같다. 어쩌다 나랑 좀 잘 맞는 것 같은 직업을 찾으 면 좋은 거고, 아니면 버티다가 그만둘 수도 있는 거고. 왜 나는 이거밖에 못 버티나 싶어서 자책할 수도 있는 거고. 그러다 또 다른 걸 해봤는데 예전보다 더 나을 수도 있고 때로는 더 못할 수도 있는 거다. 매번 못하겠다고 다른 것 만 찾는 것도 문제겠지만, 몇 번 나와 맞지 않는 것을 만나 지쳤다고 해서 너무 우울해하지는 않았으면 좋겠다. 이 사 람 아니면 죽을 것 같이 사랑했어도, 결국 시간이 지나고 나면 또다시 누군가를 사랑하고 있지 않았던가.

뭘 좋아하는지 모르겠다면 무엇이라도 해보되, 특정한 직

업을 정해두고 꼭 무언가가 되려고 노력하기보다는 성장
하고자 하는 목표를 향해 전진했으면 한다. 베스트셀러 작
가보다는 누군가를 살리는 글을 쓰는 사람으로, 100만 구
독자 유튜버보다는 내가 가진 매력으로 누군가를 즐겁게
할 수 있는 사람으로 말이다.

사람이 너무 좋은데 ————
사람이 너무 싫어질 때 ————

외로움과
고독 사이

쌓여 있는 메신저 숫자 속에 당장 답하고 싶은 말들이 없다는 것. 답하지 않고서는 버티지 못할 만큼 애틋한 사람이 존재하지 않는다는 것.

그럼에도 외롭고 또 외롭다고 말하는 건 너무도 큰 모순이 아닐지.

각자의
언어를
인정하는 법

같은 모국어를 사용하고 있다고 해서 우리가 전부 같은 언어를 쓰고 있다고 생각하지는 않는다. 언어는 태어난 이후 경험해온 수많은 것들에 대한 가장 솔직한 증명이다. 누군가가 어떤 단어 하나를 별 의미 없이 사용한다고 해서, 그 단어를 듣는 다른 사람에게까지 아무것도 아닌 것으로 받아들여지리라는 법은 없다.

흔히들 전화보다 문자가 말싸움이 일어날 가능성이 높다고 하는데, 이것 역시 같은 맥락이 아닐까. 텍스트로는 그 사람의 말투나 억양 같은 것이 전해져오지 않고, 그걸 문자를 읽는 사람 마음대로 판단할 수밖에 없기 때문에. 정말 그런 뜻으로 보낸 말이 아니었다고 해도 어느새 상대방한테는 기분 나쁠 만한 말이 되어 있는 것이다.

어떤 문제에 대해 논쟁할 때 가장 먼저 생각해야 할 것은 각자의 언어를 인정하는 것이다. 처음부터 전부를 받아들일 수는 없더라도, 나와 상대방이 사용하는 언어 사이의 적정선을 찾아내고 나면 이차적인 논쟁이 발생할 가능성을 현저히 줄일 수 있다.

아주 많은 대화를 나누어야 한다. 많이 듣고, 많이 말하고, 이제는 불필요할 것 같은 문장들을 줄줄이 이어붙이는 한이 있어도 대화가 끊겨서는 안 된다. 물론 이 모든 것은 '사랑'을 전제로 하고 있다. 나와는 너무 달라 가끔은 소음처럼 느껴지는 언어를 가만히 듣고 있을 이유는 분명 그것밖에는 없을 테니까.

나는 오늘 너와 밤을 새워 이야기를 나눌 생각이다. 둘 사이에 놓인 탁구공 하나를 계속해서 주고받으면서 그 공이 여기저기 찌그러져 더 이상 쓸 수 없을 때까지 너를 알아가고 싶다. 서로 졸린 눈을 비벼가며 입가에 남아 있는 단어들을 꾹 문 채 잠이 들면, 그제야 내가 너를 진심으로 사랑하고 있노라 말할 수 있지 않을까 해서.

보고 싶은
사람이
된다는 것

얼마 전, 뜻밖에도 몇 명의 친구들에게 '보고 싶다'는 연락이 동시에 도착한 적이 있다. 몇 시간 동안 핸드폰을 확인하지 않은 탓에 그 다정한 말들은 각자의 애칭과 함께 그 자리를 지켜내고 있었다. 고작 네 글자밖에 되지 않는 연락 한 통이 어찌나 반갑던지. 하루 종일 무너질 듯 비틀거리던 마음이 비로소 안정을 찾아가는 것 같았다.

누군가에게 보고 싶은 존재가 된다는 것은 언제나 가슴 가득 벅차오르는 일이다. 매일같이 연락을 주고받는 사이가 아니어도, 일 년에 고작 하루 이틀 얼굴을 마주한다고 해도. 보고 싶다는 말 한마디를 내뱉기까지 수없이 지나온 우리 사이의 모든 추억들에 감사하고 싶다. 당신이 내 곁에 없었다면 절대 추억이라는 이름으로 남을 수 없었을 많은 일들이 지금 나를 이만큼이나 성장시켰고, 나는 그 잠깐의 행복만으로 또 다른 며칠을 버텨낼 수 있었다며.

내가 없는 곳에서도 늘 나를 위해 기도하겠다는 문장만큼, 곁에 두어 따뜻한 사람이 되고 싶은 밤.

사람이
너무 좋은데
사람이
너무 싫다

나는 사실 반 정도는 내성적이고 반 정도는 외향적인 사람이어서 한동안은 사람을 만나는 게 참 좋은데, 그 시기가 딱 지나고 나면 집에 혼자 있는 시간이 많아진다. 그렇다고 원래 연락하던 사람들과 연락을 딱 끊고 은둔생활을 하는 것은 아니지만, 자주 얼굴을 보던 사람들을 보지 않게 되면 자연스럽게 연락도 끊기는 경우가 많다. 주기적으로 만남을 지속하던 관계였고, 상대방은 나와 다르게 외향적인 성향이 더 강한 사람이라면 더더욱 그렇다. 그 사람은 밖에 나가 무언가를 해야 에너지를 얻기 때문에, 내가 밖으로 나오지 않는다면 나와서 같이 있어줄 다른 사람이 분명 필요했을 거다. 처음에는 내가 없어도 상관없는 건가, 하고 서운하게 생각한 적도 있었는데, 지금은 그것 역시 내가 자초한 일이기 때문에 괜한 탓 같은 건 하지 않기로 했다. 그저 우리는 서로가 편한 대로 사는 것일 뿐 그 이상도 이하도 아닐 테니까.

요즘은 만나는 사람만 딱 만나고, 대부분 시간은 집에서 보내고 있다. 어떻게 살든 마음은 늘 똑같이 평온하지 않고, 내가 없는 자리에서도 내 이야기는 끊임없이 회부된다는 것을 알고 있다. 또한 그 이야기들이 언젠가 별 가치가 없어질 때쯤에는 어떻게든 수그러들 거라는 사실 역시.

사람들은 남 얘기를 너무 아무렇지 않게 꺼낸다. 한 길 사람 속도 모르는 세상에서 모든 것을 아는 듯 거들먹거리는 사람들은 자신이 누군가에게 주고 있는 상처의 경중에 대해 알지 못한다. 말은 쉽고, 그 말로써 잘못을 저지르기는 더더욱 쉬우며, 그 잘못을 용서받기는 어렵다. 누군가 쉽지 않게 꺼내놓은 진심을 별거 아니라는 듯 다루지 않았으면 좋겠다. 내가 한 행동은 결국 전부 내게 돌아오게 되어 있으니까. 몰라서 한 것은 실수일 수 있지만, 알고도 반복하는 것은 똑같은 이유로 합리화될 수 없다.

더 이상 아웃사이더도 인사이더도 되고 싶지 않다. 이렇게 나누어서 사람을 판단하는 단어가 애초에 세상에 없었더라면 모두가 조금은 더 행복해질 수 있지 않았을까. 내가 나인 채로 살아도 내가 아니라고 부정당하는 세상에서 온전한 나의 존재를 주장하기란 역시나 쉽지 않다. 사람들이 내가 누구라고 말하지 않았으면 좋겠다. 오늘도 역시 사람이 너무 좋은데, 사람이 너무 싫다.

나는 네가
너여서 좋았어

내가 바란 건 너의 빛나는 허울이 아니라, 조금 모난 구석이 있어도 그 무엇보다 따뜻한 진심이었는데. 너는 자꾸만 너 자신을 포장하다 결국 네가 아닌 것이 되어버렸지.

인연의
끈

〜
〜
〜

사람과 사람 사이의 관계를 유지한다는 느낌이 아니라, 사람에게 시달린다는 느낌이 강하다. 무언가 절실히 하고 싶으면서 어떨 때는 다시는 하고 싶지가 않다. 매일같이 꾸는 꿈속의 일기가 어떤 단어들로 구성되어 있었는지 요새는 기억이 잘 나지 않는다. 어떠한 대상의 부재는 어느새 무의식을 마비시켰다.

"어쩌면 네 무의식이 너한테는 잠재력인지도 모르겠어." 라는 말을 밥 먹듯이 들어왔던 내게는 지금 같은 일종의 휴식이 좀처럼 적응이 되질 않는다. 마치 태풍의 눈 한가운데에 서 있는 기분이라고 해야 할까. 나를 중심으로 매서운 소용돌이가 치고 있다는 걸 뻔히 알면서도 내게는 별다른 데미지가 없는 것. 언제 저 안으로 빨려 들어가게 될지 매일 두려워하지만 오늘은 아닐 거야, 하며 그저 웃어 넘기는 안일함.

나는 차라리 누군가 내 인생을 송두리째 바꿔놓았으면 싶고, 어떤 존재감을 내게 일깨워주었으면 좋겠다. 아무 영향력이 없는 관계라면 애초에 인생에 들어오지 않는 편이 서로에게 편하니까. 가벼운 인연의 끈을 하나둘 모아두었다가 전부 다 네게 묶어주고 싶다. 내가 굳이 어디 가지 말라고 애원하지 않더라도, 처음부터 떠날 생각 같은 건 하지 않도록.

감정 낭비

⌣
⌣
⌣

항상 말하지만, 인생은 부메랑입니다. 내가 누군가에게 어떤 잘못을 했다면 그 대가를 어떻게든 돌려받는다는 말이에요.

나를 너무도 힘들게 만든 누군가가 지금 너무 잘 살고 있는 것 같아서 화가 난다면, 그냥 그대로 아무것도 하지 말고 지켜보세요. 아니, 지켜보지도 말고 그 사람이 어떻게 사는지 궁금해하지 마세요. 언젠가 들려올 거예요. 그 사람의 소식이. 그때는 그 소식에 굳이 기뻐할 것도 없이 그저 그렇구나, 하고 넘겨주면 됩니다. 아마 그때쯤 되면 별 관심 없을 거예요. 나한테 그만큼 별거 아닌 사람이 되어 있을 테니까.

확실한 차이를
불러오는
대화법

생각해보니 바라는 게 없다는 말을 내뱉을 때가 바라는 것이 가장 많을 때였다. 욕심을 버리고 무언가를 기대하지 않아야 조금 더 편하게 살 수 있음을 알면서도 쉽게 달라지지 않는 것이 현실이다.

"내가 어떻게 했으면 좋겠어?"라는 말은 표면적으로만 보았을 때는 상대방의 의견을 물으며 한번 굽혀주는 것처럼 보일 수 있지만, 사실 말다툼 중에 이 말이 나왔다는 것은 상대방에게 이 문제의 책임을 전가하는 것과 크게 다르지 않다.

정말 상대방에 대한 존중을 기반으로 하고 있다면 "그럼 내가 ~한 방향으로 고쳐보려고 하는데 너는 어떻게 생각해?"라고 내가 생각하는 해결책을 제시하며 의견을 물었어야 한다. 마치 "나는 할 만큼 했는데 대체 뭘 바라는 거야?" 하고 묻는 것 같은 그 말에 곧이곧대로 방향을 제시할 수 있는 사람은 많지 않다. "어떻게 했으면 좋겠다는 건 아니야."라는 말로 정리된 다툼은 또 다른 다툼을 불러올 뿐이다.

어떤 문제가 생겼을 때 그것을 근본적으로 해결하는 대화법과 잠깐 상황만 회피하는 대화법은 정말 한 끗 차이다. 하지만 그 한 끗 차이가 관계의 지속 기간을 결정한다. 사실 크게 지키고자 하지 않는 인연이라면 이것저것 신경 쓰지 말고 그저 예의만 지키라고 할 테지만, 어떻게든 지키고자 하는 인연이라면 당연히 노력이 필요한 법이다.

우선, 상대방의 말에 감정적으로 대처하지 말자. 인간은 어쩔 수 없는 감정의 동물이다. 한껏 예민해져 있는 감정과 감정이 부딪히면 후회할 일만 야기한다. 서로 합의하에 잠깐의 시간을 가지고 생각을 정리한 후에 이성적으로 대화하는 것이 서로가 원하는 합의점을 찾아내기 수월할 것이다.

두 번째, 미안하다고 말할 때는 변명 없이 미안하다고만 하자. 사과를 할 때는 깔끔하게 사과만 하는 것이 좋다. '근데…' 하고 줄줄이 늘어놓는 변명은 사과의 진정성만 떨어뜨린다. 속상한 점이 있거나 상대방에게도 사과받아야 할 일이 있을 수 있지만, 그 부분은 차차 대화를 하며 풀어나가도 늦지 않다.

세 번째, 원하는 것을 얼버무리지 않고 확실하게 이야기한다. 아무리 서로에 대해 잘 아는 사이라고 해도 어떤 부분에 유독 예민하고, 어떤 부분에 상처를 받는지 전부 알아차리기는 쉽지 않다. 말하지 않아도 전부 알아줬으면 하지 말고, 차라리 모두 말한 후에 그 부분에 대한 변화 의지가 보이지 않으면 관계를 다시 생각해보는 편이 낫다. 다시 한번 말하지만 말 안 하면 모른다. 아는 게 이상한 거다.

마지막, 모든 기준을 나에게 두지 않는다. 가끔 이야기를 하다 보면 '대체 여기서 왜 상처를 받았다는 거지?' 하고 생각할 수도 있는데, 그건 사람마다 받아들이는 방식이 다르기 때문에 생긴 차이일 뿐이지 나와 다르다고 해서 무조건 이상한 취급을 받아야 할 일이 아니다. 이럴 때는 어느 한쪽이 아닌 서로에 대한 이해가 필수적이다. 사실 서로 조금씩만 양보해도 대부분의 다툼은 크게 문제가 되지 않는다.

노력하지 않아도 곁에 남는 사람이 진짜 내 사람이라고 하지만, 아무런 노력 없이 이루어지는 관계 또한 없다. 사소한 배려와 언행이 모여 어느 순간 한 사람의 마음을 붙들어놓은 것이지. 아무것도 하지 않았는데 자꾸만 옆을 맴도는 사람은 딱 두 종류밖에 없다. 이유를 설명할 수 없는 감정으로 나를 사랑하거나, 또는 어떠한 이유 때문에 내가 필요하거나. 상호 간의 합의 없는 일방적인 관계가 어떤 결과를 가져오는지는 말하지 않아도 알 거다. 물론 선택은 개인의 몫이지만 작은 언행 하나로 소중한 인연을 잃지 않기를.

할 수 있는
만큼만
할게요

⌣⌣

매번 애쓰지 않아도 자연스럽게 옆에 남아 있는 사람이 진짜 내 사람이라는 말을 한 번쯤은 들어본 적이 있을 것이다. 그런데 이 말을 들을 때마다, 그래도 어느 정도의 시간 동안은 상대방에게 애를 썼으니 자연스러워진 것이 아닐까 생각하게 된다.

크게 대단한 것을 하고 있지는 않아 보이는데 유독 주변에 사람이 많은 이들이 있다. 그들을 꽤 오랜 시간 곁에서 지켜본바, 그들은 대체로 입이 무겁고 공감능력이 뛰어난 편이었다. 사실 이건 타고나는 경우가 많긴 하지만 노력한다면 어느 정도 변화할 수는 있겠지. 무슨 일이 생겨서 조언을 얻고 싶을 때나, 마냥 힘들다고 어리광을 피우고 싶을 때 누가 정해놓기라도 한 듯 자연스럽게 그들의 전화번호를 찾게 된다. 가끔은 그들에게 내 감정을 감당하게 만드는 일이 마냥 미안하다가도 한참 동안의 통화를 끝낸 후 한층 후련해지는 마음을 보고 있자면 이것이 그들이 가지고 있는 힘이라는 것을 실감하게 된다.

어떻게 보면 다정은 인간이 가지고 있는 최대의 무기다. 이것을 무기로 휘두르는 사람은 많지 않지만, 막상 잃었을 때 가장 큰 타격을 입게 된다는 것만은 분명하다. '있을 때 잘해야 한다'는 말은 알면서도 지키기 어려운 것 중 하나이고, 잠깐의 소홀함으로 아끼던 사람을 잃었을 때의 상실감은 말로 표현할 수 없다. 현실에는 생각보다 중요한 것들이 많아서 우선순위를 정해놓고 신경을 쏟기에는 역시

무리가 있다. 지금껏 꽤 많은 것들을 잃어왔으니 이제는 괜찮겠지, 하고 마음을 놓는 순간 또 다른 무언가가 내 곁을 스쳐간다.

사람과 사람 사이의 관계에는 도무지 쉬운 일이 없다. 내 나름대로 최선을 다했다고 생각한 사람에게 '넌 내게 해준 것이 없다'는 말을 들을 수 있고, 아무것도 해준 게 없는 사람에게 '너는 내게 충분히 잘했다'는 말을 듣게 될 수도 있다. 그러니 우리는 누구에게든 할 수 있는 만큼만 하면 된다. 나중에 후회하지 않을 만큼만, 딱 그만큼만. 나를 잃어가면서까지 소모하지도 말고, 두렵다는 이유로 마음을 아끼지도 않으면서. 그냥 딱 해줄 수 있을 만큼만 그렇게만.

새벽
2시 53분의
너

ˇ
ˇ
ˇ

있잖아, 너는 다정한 게 병이라고 했지? 근데 네가 나한테 항상 다정하다는 게 얼마나 큰 위안이 되는지 알고 있어? 그러니까 그냥 그런 사람으로 오래 살아달라고 부탁하고 싶었어. 너한테는 그게 힘들 수도 있는데, 원래 사람 사는 거 다 마음 같지 않은 거잖아. 그렇게 열 명한테 다정하다 보면 그중에 한 명이라도 나 같은 사람이 있지 않을까 하는 마음으로. 너는 내내 따뜻한 온기를 잃지 않는 사람으로 살아주었으면 좋겠다고. 너는 그런 네가 싫다는데 내가 괜한 소리를 하나. 그래도 나는 정말 좋아. 네가 그런 사람이어서. 앞으로도 오래 좋아할 것 같아. 너의 다정을.

조금 더
단단한 마음으로

너를

누군가에게 의지하는 걸 그다지 좋아하지 않는다. 이것이 '사람은 결국 혼자다'라는 비약적인 생각에서 시작된 감정임을 굳이 부정하지는 않겠다. 그리 오랜 시간을 살지 않았는데도 곁에 있던 많은 사람들이 떠나갔다. 누군가는 내가 등 떠밀어 보냈고, 누군가는 차마 보낼 수 없어 옷자락 끝을 붙잡고 미련을 부렸지만 끝내 내 손을 뿌리치고 가버렸다. 어찌 보면 당연하다 할 수 있는 것들을 깨닫고 어느 정도 포기를 하고 나서부터는, 사람과 사람 간의 관계에 대한 집착을 조금은 내려놓게 되었다. 그럼에도 불구하고 계속 남아 있는 마음은 내가 별수 없이 사람이어서겠지.

곁에 있는 사람에게 무한정으로 의지하다가 그 사람이 떠난 후 걷잡을 수 없을 만큼 망가져버리는 사람을 수도 없이 접했다. 가장 가까운 사람에게 힘든 부분을 털어놓으면 잠깐이나마 마음이 편해진다는 걸 알면서도 그것을 참아내기가 물론 쉬운 일은 아니다. 그러나 서로에게 힘이 되는 건강한 관계를 유지하려면 정도를 지켜야 한다. 내게 무작정 모든 것을 맡겨버리는 사람에게 부담을 느끼지 않는 사람은 없다. 아무리 사랑이라는 이름으로 어느 정도 감안한다고 해도 말이다.

누군가가 있어 하루를 버텨낼 수 있다는 건 분명 멋진 일이다. 태어나 단 한 사람한테만이라도 숨김없이 나를 보일 수 있고, 그 사람 역시 나를 그만큼 믿어줄 수 있다면 그것만 한 축복을 찾기도 힘들 것이다. 그러니 우리는 어떻게든 자신을 잃지 말아야 한다. 내가 사라지는 이유가 설령 사랑이라 하더라도. 나 자신을 제대로 붙잡아둔 뒤에 그 사람을 사랑해야 한다. 그 사람이 있어 힘든 부분을 견뎌 낼 수 있다는 말은 해도, 그 사람이 없으면 죽겠다고 말해 서는 안 되는 것이다.

내가 아끼는 모든 이들이 부디 단단한 마음으로 사랑하기 를. 사랑하는 사람을 감정의 쓰레기통으로 만들지 않기를. 시간이 지나고 나서야 많은 것들을 깨닫고 이미 잃은 사람 에 대한 미안함에 잠 못 이루는 밤이 없기를. 언제나 너를 존중하고 나를 존중하는 내가 되기를. 그렇게 마냥 의지하 지 않아도 서로를 지탱할 수 있는 우리가 되기를 진심으로 바라며.

기다림

더는 많은 말들을 하지 말아야지. 입 밖으로 나오는 말들
은 결국 돌고 돌아 나에게 돌아오게 되어 있다. 믿을 수 있
는 사람과 그렇지 않은 사람을 판단하는 일은 아직 나에게
너무 버거우므로.
사람을 섣불리 판단하기보다는 그저 곁에 두고 지켜볼 것.

Bless u

남한테 상처 주지 않고 살기가 그렇게 어려운 일일까. 물론 무작정 착하게만 사는 게 좋다고는 할 수 없겠지만, 그래도 타인과의 관계에서 적당한 예의와 존중을 지켜주기가 그렇게 못 할 일이었나. 본인 때문에 아파하는 사람 앞에서도, 나 잘났다 하고 아무렇지 않게 사는 사람들을 보고 있자면 뭐가 그렇게 전부 쉬울까 싶다. 사실 가끔은 좀 부럽기도 하다. 남들이야 어떻게 말하든 상관없이 그저 본

인 인생만 편하면 됐다 하고 살 수 있는 강철 마인드가 탐
난달까.

그래도 누가 뭐라 한들 그렇게 살기는 싫다. 내가 조금 더
상처받는 쪽이 되어도 괜찮으니까, 내 인생은 항상 누군가
를 한 번 더 보듬어주고 안아주는 쪽으로 흘러가기를. 훗
날 매 순간을 후회하게 되더라도 누군가를 울리는 사람보
다는 차라리 한 번 더 우는 사람이 되기를. 한순간 누가 나
를 미워하게 되어도 아주 나중이 되어서라도 '그 사람 그
래도 꽤 괜찮은 사람이었어.' 하고 기억되기를. 아무 감정
없이 무디게 살아가기보다는 차라리 누구보다 더 많이 아
파본 사람이 되어서, 나랑 똑같이 아파하는 사람들의 마음
을 달래주는 사람이 되기를. 그렇게 나를 아프게 하세요,
하는 속없는 기도를 늘어놓는 밤.

나는 당신이 나보다 조금 더 행복했으면 좋겠어.

어떤 말

종교를 가지고 있지는 않지만, 가끔 좋은 성경 구절을 보면 다이어리 한쪽에 적어놓곤 한다. 이 구절은 그중에서도 가장 자주 들여다보는 것인데, 볼 때마다 정말 많은 것을 생각하게 한다.

"너희는 듣고 깨달아라. 입으로 들어가는 것이 사람을 더럽히는 것이 아니라, 입에서 나오는 것이 사람을 더럽힌다."

– 마태복음 15:11

말이라는 것은 어떤 날은 사람을 살리고, 어떤 날은 사람을 죽인다. 일상적이라 사소하게만 보이는 이것이 지니고 있는 힘은 가끔 무섭게도 느껴진다. 평소에 어떤 말투와 어떤 단어를 사용하고 있는지만 보아도 그 사람이 어떤 사람인지 꿰뚫어 볼 수 있는 것처럼 말이다.

예전에는 사람들 앞에서 말하는 것을 꽤 좋아하는 편이어서, 대화 주제가 생기면 다른 사람의 말을 듣는 시간보다 주도적으로 말을 하는 시간이 더 길었다. 그러나 어느 날부터인가 평소보다 말을 아끼게 되었는데, 아마 내 입에서 나오는 이야기들이 어느 순간 나를 향해 그대로 돌아온다고 생각하게 된 이후부터였던 것 같다.

단정 지어 말하기에는 섣부른 감이 있지만, 말은 많은 것보다는 적은 것이 낫다. 말이 많아서 탈이 난 사람의 수가 말이 적어서 탈이 난 사람의 수보다 아마 곱절은 많지 않을까 싶으니. 그렇다고 원래 말이 많은 사람인데 입을 꾹 다물고 아무것도 하지 말라는 것은 아니다. 적어도 아무 말이나 하지는 말자는 거다. 그래도 사람인데 말 같은 말을 하고 살아야지. 말 같지도 않은 걸 하고 있으면서 이것도 말이잖아요, 하고 우긴다는 건 일종의 언어폭력이나 다름없지 않은가.

남한테 상처 주는 말을 아무렇지 않게 뱉는 사람은 대부분 그 말을 제대로 기억조차 하지 못하는데, 정작 그 말을 들은 사람은 상처가 평생을 간다. "솔직히 별것도 아니잖아?" 하고 상처받은 사람을 탓할 시간에 미안하다는 진심 어린 말 한마디라도 제대로 건네길 바란다. 말로 받은 상처는 말로 치유해야 한다. 다른 어떤 것들을 눈앞에 잔뜩 가져다 놓아도 사과 한마디만 한 것이 없더라.

수만 가지 말을 수백 명의 사람들과 나누며 살지만 여전히 나는 말도 사람도 너무 어렵다. 어떤 대단한 학자들을 데려다 놓고 인간관계에 대해 이야기해보라고 해도, 그중에 모든 사람의 정답이 될 만한 것은 없을 거다. 그래서 나는 오늘도 다짐한다.

'흘러가는 대로 살되
그 누구도 더럽히지 말자.'

물론 이 다짐을 하고 있는 나 역시도.

5 : 5

⌣
⌣
⌣

예전에는 크게 어려워하지 않았는데, 요즘 들어 유독 어렵
게 느껴지는 것들이 몇 가지 있다. 예를 들면 매일같이 밖
에 나가 생활하는 일, 누군가의 말을 끊임없이 들어주는
일 같은 것. 전자는 아마 외향적임과 내성적임의 딱 중간
에 있는 내 성격이 유독 변덕을 부리는구나 정도로 판단
할 수 있을 것 같다. 사람들이 말하는 걸 듣고 있기를 좋아
하던 내가 그것에 스트레스를 받기 시작했다는 건, 그동안

이런저런 일을 겪어오며 분명 나의 내면에도 아주 작게나마 변화가 생겼음을 뜻하는 게 아닐까 싶다.

그동안 수도 없는 말들을 들으며 살아왔고, 그만큼 나도 하고 싶은 말을 많이 하고 살긴 했지만. 지금 생각해보면 그 과정에서 느낀 것은 누군가의 말로 인해 내가 변하는 일은 거의 없으며, 동시에 내 말로 인해 누군가가 변하는 일 또한 찾아보기 힘들다는 것이다. 소통의 중요성을 누구보다 잘 알고 있지만, 어떻게든 제자리만 맴도는 우리를 보고 있자니 이게 무슨 소용이 있을까 싶기도 했다.

사실 살아가면서 가장 먼저 학습하는 것은, 이 사람이 나에게 호의적인지 호의적이지 않은지를 판단하는 능력이다. 말해도 될 것 같은 사람한테는 나 역시 기분 좋게 많은 걸 늘어놓게 된다. 정말 가끔은 나 혼자 너무 많이 말한 것 같아서 미안하다 싶을 정도로. 그런 사람은 알게 된 지가 오래된 사람도 아니고, 나를 좋아한다고 말한 사람도 아니며, 그렇다고 내가 매우 좋아해 마지않는 사람 또한 아니다. 물론 이들이 그 부류에 속할 가능성이 높기야 하겠지만, 이걸 모두 충족하고 있다고 해서 속에 담아둔 이야기를 털어놓고 싶을 만큼의 편안함을 가질 수는 없다.

오히려 요즘 내게서 많은 이야기를 뽑아내는 사람들은, 나와 아주 적당한 거리를 유지하고 있는 이들이다. 너무 가깝지도 않고 멀지도 않아서 많은 것을 생각하지 않아도 되는 사람들. 내가 어떤 말을 한들 지금 당장은 귀담아듣겠지만, 어디 가서 중요한 일의 토픽으로 사용하지는 않을 만한 사람들. 이런 미적지근한 관계를 이제는 가장 편하다고 말하고 있는 내가 조금은 밉기도 하다. 그래도 어떡하나, 사실인걸.

뭐든 적당해지고 싶다. 딱히 어디 가서 주인공이 되고 싶은 마음도 없고, 대화의 화두가 되고 싶지도 않고, 남들 다 이기겠다면서 이 악물고 애쓰고 싶지도 않으니까. 그냥 조용조용 내 할 일이나 하면서 이 정도만 하고 살고 싶다는 말이다. 매일 나가던 것도 반만 나가고, 끊임없는 말들도 딱 반만 들어가면서 집중할 수 있는 것에나 온전히 집중해가고, 챙길 수 있는 사람들만 내 사람으로 데리고 가면서. 적당히, 적당히만. 왜 나는 제일 어려운 걸 이렇게나 절실히 꿈꾸게 되었을까.

괜히 누구를
싫어할
시간이 없어요

누가 뭐라고 해도 사실 타고난 성격은 쉽게 변하지 않는다. 성격이 급한 사람이 느리게 일 처리를 하는 것도, 느긋한 성격을 가진 사람이 빠르게 일 처리를 하는 것도 똑같이 힘들 수밖에 없다. 이건 누가 잘못했다고 판단 지을 수 있는 것이 아니라, 말 그대로 그냥 두 사람이 다르게 태어난 것이다. 일을 할 때 다른 성향을 가진 사람들이 한 팀에 모여 있다 보면 꽤 자주 마찰이 생기는 것을 목격하게 된다. 여기서 중요한 건 두 타입의 사람들 모두 서로에 대해 '일을 제대로 못 하고 있다'고 평가한다는 거다.

성격이 급한 사람은 눈앞에 놓인 일들을 얼른 끝내는 것을 우선시하기 때문에 이렇다 할 계획을 세워놓지 않은 상태로 실전부터 행한다. 반면에 느긋한 성격을 가지고 있는 사람은 꼼꼼하게 하나하나 체크하는 편을 선호하기 때문에 계획을 가지고 마감 기한까지 딱 맞추어 끝내는 경우가 많다. 물론 모든 사람을 이 두 가지 경우로만 나눈다는 것은 너무 심각한 일반화를 범하는 일이고, 하는 일에 따라 어떤 패턴이 더 효율적인지도 다를 수밖에 없다. 다만 여기서 하고 싶은 말은 둘 중 누구도 잘못되지 않았다는 것이다.

일을 잘하고 못하고를 판단하는 것은 어떻게 보면 너무 주관적이다. 사회생활을 하다 보면 경력이 점점 쌓여가고 한 분야에서 전문가가 되기까지 굉장히 많은 일들을 겪게 된다. 그 과정에서 업무적인 부분은 물론 소통 능력도 키워지기 마련이다. 사실 통상적으로 정말 일을 잘한다고 인정받는 사람들은 다른 사람과 소통하는 데 그다지 어려움을 느끼지 않는 사람이더라. 그만큼 자기 성격에 구애받지 않고 중간 역할을 잘한다는 뜻이다. 너무 느려서 답답하지도 않고, 너무 빨라서 불안하지도 않은 그 적정선을 찾는 게 어쩌면 우리가 일을 하면서 찾아야 하는 가장 어려운 과제다.

가끔은 생각도 많고 한껏 급하기만 한 내 성격을 누군가가 탓하면, 내가 이렇게 태어난 걸 어쩌라는 거냐고 따지고 싶을 때도 있다. 같이 일을 하면서 답답한 누군가를 마주하면 왜 이렇게밖에 못 하느냐고 타박 주고 싶을 때도 있다. 모두 맡은 일을 묵묵히 해나가며 나름대로 현실과 타협하고 있는 똑같은 인생들인데, 누구 하나 잘못되었다 욕을 한들 무슨 소용인가 싶기도 하고.

그래서 이제는 누군가의 장점만 보기로 했다. 단점이 되는 부분은 그저 보고 흘려버리고, 이 사람의 장점만 받아와 나의 장점이 되는 부분과 맞물리게 해서 가장 최상의 결과를 만들어내면 되니까. 물론 그 과정이 말처럼 순탄치야 않지만, 적어도 나와 맞지 않는 성격을 가진 사람을 미워 하느라 들이는 감정 소비는 반으로 뚝 줄어들었다.

세상 산다는 거 어찌 보면 그리 어렵지도 않다.
포기할 부분은 어느 정도 포기하는 게 정신건강에 좋다.

이미 엎어진 물은
주워 담을 수
없잖아

*"기분이 태도가 되지 말자"*는 말을 평소에 자주 되뇌며 산다. 사람의 기분이 가장 먼저 드러나는 곳은 바로 얼굴이다. 나는 기분에 따라 표정 변화가 빠른 탓에, 남들이 내가 어떤 생각을 하고 있는지를 바로 알아챌 때가 많다. 이게 기분이 좋을 때야 상관없지만, 기분 나쁜 것을 티 내지 말아야 하는 경우에는 문제가 생길 수 있어서 어떻게 하면 조심할 수 있을지 늘 고민해왔다.

물론 기분이 안 좋은 상황에서 마냥 웃고만 있으라는 건 아니다. 사회생활을 하다 보면 억지로 웃어야 하는 상황을 종종 마주하게 될 텐데, 대부분 사람들이 그 잠깐의 임기응변 정도는 분명 잘하고 살 거다. 나는 오히려 저 말이 적용되어야 하는 건 사회에서가 아니라 나와 가장 가까운 사람들을 대할 때라고 생각한다. '이 사람은 당연히 나를 이해하겠지' 하고 뱉었던 말이나 아무 생각 없이 했던 행동이 상대방에게는 상처가 되는 경우가 많다. 내 곁에 있는 사람들은 무작정 내 감정을 받아내야 하는 이가 아니다. 힘든 부분에서 투정과 위로를 바랄 수는 있으나, 그 과정에서 내 태도만큼은 그 사람에 대한 존중을 잃어서는 안 된다.

그동안 살면서 마주했던 사람들에게 수많은 실수를 해왔다. 내 기분이 상했다는 이유로 상대방의 상태를 살피지 않았고, 내가 먼저 겪어본 일이라는 이유로 누군가의 힘듦을 내 멋대로 판단한 적도 있었다. 그중 몇 가지는 제때 사과하고 용서를 받았으나, 개중에는 사과할 기회조차 얻을 수 없었던 적도 있다. 더는 내가 그 잠깐의 감정 상태 때문에 누군가의 기분을 상하게 하는 일이 없었으면 좋겠다. 말 한 번 뱉기는 쉽지만 남겨진 후회는 길기에.

흉터

내게 "잘 지내"라는 말을 남기고 떠나간 사람치고 내가 정말 잘 지낼 수 있도록 만들어준 사람은 없었다. 나는 당신에게 마냥 좋았던 사람으로 남고 싶지 않다. 별 볼 일 없어 스쳐가는 기억이 될 바에, 차라리 당신을 밑바닥까지 무너뜨려 다시는 보고 싶지 않지만 잊을 수도 없는 순간이 되련다.

그렇게라도 잊히지 않는 무언가가 되어 당신의 인생에 흔적을 남기고 싶다는 말이다.

선

우리는 살면서 수도 없는 사람들을 만난다. 사람이 사람을 만나면 자연스레 소통을 하게 되는데, 우리가 흔히 말하는 형식적인 관계는 누군가에게 잘 보여야 하거나 내 감정이야 어떻든 잘 지내야만 하는 관계에서 생기기 쉽다. 말하기 싫은 것을 말하고 듣기 싫은 것을 듣는 게 기분 좋을리가 없다. 사회생활을 하다 보면 내 생각 같지 않은 사람들이 왜 그렇게 많은지. 앞에서는 그렇게 잘해주더니, 뒤에 가서는 내 욕을 하고 다니다니. 이런 일이 계속 반복되다 보면 사람에 대한 불신이 생기기 쉽고, 나중에는 어느 정도 포기한 채 관계 자체에 선을 긋게 된다. 어쩌면 이게 편할 수도 있지만, 세상에는 생각보다 좋은 사람도 많다는 게 문제다. 다른 사람에게 받은 상처 때문에 좋은 사람들까지 일반화해서 밀어낼 필요는 없지 않은가.

나와 맞는 사람이 있으면 나와 맞지 않는 사람도 있다. 이상하게 이유 없이 친해지고 싶은 사람이 있다면, 별로 한 것도 없는데 친해지고 싶지 않은 사람도 있으니까. 그 많은 사람들 속에서 내 사람을 찾기란 어쩌면 하늘에서 별을 따오는 것보다 어려울 수도 있다. 이 어려운 걸 당연히 쉬울 거라 생각한 것이 문제의 시작인지도 모른다.

형식적인 관계 자체를 무작정 피할 수는 없다. 내가 싫은 것은 상대방도 싫어한다. 그러니 서로에게 적당한 선만 지킨다면 형식적이지만 형식적이지 않은 사이가 될 수 있다. 나 역시 지금까지 일을 하면서 수많은 사람을 마주했는데,

그때마다 노력하는 것 중 하나가 상대방을 불편하게 하지 않으면서 내가 해야 할 말은 명확하게 전달하는 기술이다.

나는 모든 사람에게 좋은 사람이 되고 싶지도 않고, 내가 마음에 안 들어 하는 사람한테까지 잘 보이고 싶어 노력하고 싶지도 않다. 다만 어느 정도 예의는 지킬 줄 아는 사람이고 싶은 거다. 묻는 말에 제대로 된 대답을 해주고, 상대방의 의견을 적당 선에서 반영할 줄 아는. 그래서 크게 뭐라고 할 문제도 없고, 그렇다고 너무 과하게 친절해서 상대방이 부담스러움을 느끼지도 않을 만큼의 딱 그 정도. 이게 어떻게 보면 제일 어려운 거고, 모든 사람이 원하는 것이지 않을까 하는 생각이 든다. 앞으로의 인생에서 우리는 끊임없이 스쳐가는 관계들을 마주하게 될 테고, 그 과정에서 계속 발전하는 부분이 있다면 그 정도면 된 거다.

나에게도 상대방에게도 무언가를 기대하지 말자. 형식적인 관계로 스트레스를 받지 않으려면 이것 외에 답이 없다.

깨져버린
그릇

말을 뱉고 나서 그 말에 대한 책임을 회피하는 사람이 주변에 못해도 한 명쯤은 있을 것이다. 그만큼 자신이 뱉은 말을 전부 지킨다는 건 실로 어려운 일이다. 그러나 뱉은 말을 지키지 않아도 주변 사람들에게 크게 타박받지 않았다는 이유로, 그것이 별거 아니라고 생각하는 건 크나큰 실수다. 사람과 사람 사이의 신뢰는, 끈끈하게 묶이기에는 정말 오랜 시간이 필요하지만 깨져버리는 데는 눈 깜빡할 만큼의 시간밖에 걸리지 않는다. 한번 깨져버린 신뢰를 다시 붙인다는 것은, 조각이 나다 못해 부스러기가 되어버린 도자기를 예전처럼 만들어보겠다고 애쓰는 것과 별반 다를 게 없다.

물론 누군가에게 내가 꽤 괜찮은 사람처럼 비추어지기를 바라는 것은 인간의 기본적인 욕구다. 좋아하는 사람 앞에서야 약간의 허풍을 더해서라도 더 잘난 사람 같이 보였으면 하는 게 당연한 일 아닌가. 그래도 모든 일에는 정도가 있는 법이다. 수습할 수도 없는 거짓말들을 계속 늘어놓는 것은 무엇으로도 합리화될 수 없다. 혹여 당시에는 정말 그런 마음이었고 이러한 일들을 할 생각이 있었다고 해도, 지금 이 순간만큼은 오직 결과로 판단될 뿐이다.

부디 말 한마디를 하더라도 조금만 더 신중하라고 하고 싶다. 물론 나도 사람인지라 당연히 실수를 하고, 무심코 뱉은 말 한마디로 돌이킬 수 없는 상처를 준 적도 있다. 반대로 상대방은 아무것도 아니라고 생각하고 한 말 한마디 때문에 그동안의 인연을 매몰차게 끊어 내버린 적도 있다. 인생을 살아가면서 가장 중요한 건 실수를 하지 않는 것이 아니라, 적어도 같은 실수만큼은 반복하지 않도록 자기 자신을 계속 되돌아보는 일이다. 자신을 객관화하다 보면 그동안 애써 외면하고 있던 나의 밑바닥이 조금씩 모습을 드러낸다. 오늘의 내가 그 정도밖에 안 되는 사람이었다면, 내일의 나는 그래도 이만큼 성장한 사람일 수 있도록 일상의 사소한 언행부터 변화를 시작하자. 말이 가진 힘은 생각보다 강해서 아주 작은 변화로도 앞으로 많은 것들을 달라지게 하기에 충분할 테니.

우울한 생각이 _____
자꾸만 밀려올 때 _____

싫은 날

밖에서 우는 일을 그다지 좋아하지 않아서, 아무리 슬픈 일이 있더라도 사람이 많은 곳에서는 어떻게든 울지 않고 버텨내는 버릇이 있다. 군이 울지 않으려는 표면적인 이유를 말해보자면 그냥 남들이 내가 우는 모습을 보는 게 싫었으니까. 하지만 조금 더 깊은 곳에 있는 이유를 들춰보자면, 나 자신이 누군가에게 약해 보이는 게 싫었던 것 같다. 혹여 한 번 보고 말 사람들 앞이라고 해도 상황이 크게 달라지지는 않는다.

그럼에도 불구하고, 결국 참을 수가 없어서 울어버렸던 때도 있었다. 길거리나 카페 같은 곳이 아니라 혼자 대중교통을 타고 어딘가로 이동할 때였던 것 같다. 서로 아무런 관심도 없고 오히려 누군가와 살을 부대끼고 있다는 불편함만 가득한 그곳에서 나는 뭐가 그렇게도 서러웠을까.

그냥 가끔은 마냥 이렇게 많은 사람들 사이에 아무것도 아닌 것으로 살아야 하는 게 싫었고. 이렇게 마음속에 속상함과 화가 가득한데 향하고 있는 곳이 고작 집이라는 사실이 싫었고. 별것도 아닌 일 때문에 이렇게까지 힘들어하는 내가 싫었고. 그 와중에 뭐가 그렇게 행복하다고 큰 소리로 깔깔거리며 통화하고 있는 이름 모를 사람도 싫었다. 이렇게 하나둘씩 싫어하다 보면 끝도 없이 싫은 것들을 늘어놓고 있는 나 자신이 제일 싫어진다. 내일이 되면 또 아무 일 없었던 듯 살아갈 것을 모르는 것도 아니면서 왜 또 이러니. 지겹지도 않니, 정말.

그런데 어느 순간 이런 생각이 들었다. 나에게도 마냥 '싫은 날'이라는 게 있을 수 있는데, 왜 나는 그러면 안 된다고 단정 지었을까. 힘들면 좀 울어버릴 수도 있고, 괜히 누구한테 화풀이하고 싶을 수도 있는데. 왜 나는 나한테만 그렇게 모질게 구는 걸까. 조금만 생각을 다르게 해도 확연히 다른 인생을 살 수 있다는 걸 누구나 알고 있지만, 정작 실천하는 사람은 몇 없다. 타고난 성격을 바꾼다는 건 어떻게 보면 말이 안 되는 것일 수도 있고, 사실 그걸 꼭 바꿔야 하는 이유 또한 없다. 그저 내가 나같이 살겠다는데 남들한테 피해만 안 주면 되는 거지, 무슨 세상의 빛까지 되겠다고 안 그래도 힘든 자신을 계속해서 벼랑 끝에 세울까.

남들한테는 한없이 다정하고 관대하면서 나 자신한테만큼은 끝없이 까다롭게 구는 사람들이 있다. 어떻게 보면 그것도 완벽주의다. 그렇게 사는 게 편하다고 하면 어떻게 할 바가 없고 이것도 성격인지라 쉽게 변하지 않을 걸 너무 잘 알고 있지만, 꼭 그러지 않아도 된다고 말해주고 싶었다. 가끔은 실수하고, 어떤 부분에서는 한없이 미숙하고 못난 모습을 보이게 된다 해도 사람들은 너를 크게 미워하지 않을 거라고. 그럼에도 불구하고 너를 진심으로 사랑해 줄 사람은 어디에나 있을 거라고. 그러니까 너무 무서워하지 말라고. 너라도 너를 좀 안아주라고. 오늘의 나에게, 그날의 너에게 몇 번이고 손 꼭 붙잡고 부탁하고 싶은 말.

뫼비우스의 띠

가끔은 하루 이틀 지나가는 게 그렇게나 아깝고, 그러다가도 가끔은 그냥 하루라도 빨리 지나가 버렸으면 싶다. 이렇게 사는 건 살아가는 게 아니라 죽어가는 것 같다고 생각하다가도, 그래도 이렇게라도 사는 게 어디인가 싶다.

인생은 매일이 모순덩어리고, 나는 이런 나를 미워하다가도 사랑한다.

꼬리에 꼬리를 무는
생각들을
잠재우는
방법

생각이 많은 게 병이라고 생각할 정도로 수도 없이 밀려오는 생각들 때문에 잠 못 드는 새벽이 꽤나 잦았다. 처음에는 그다지 문제가 되지 않는다고 여겼는데, 생각이라는 게 참 우스운 것이 계속하다 보면 좋은 쪽보다는 나쁜 쪽으로 흘러갈 때가 많아서 결국엔 정말 밑바닥에 깔려 있던 우울까지 전부 끌어오더라.

어떤 밤에는 내가 정말 아무것도 할 수 없는 무능력한 사람이 되어 있었고, 또 어떤 새벽에는 그 사람이 나를 사랑하지 않는다는 생각을 아침까지 반복한 적도 있었다. 딱히 그럴 만한 이유가 있는 것도 아닌데 정말 별 핑계를 다 대어서까지 그게 마치 정해져 있는 진리인 양 끝까지 나를 합리화하는 걸 보고 이제는 정말 그만해야겠다 싶었다.

그 이후로는 꽤 여러 가지 시도를 해봤었다. 그냥 잠들어야 생각을 그만할까 싶어서 수면제도 먹어봤고, 잠들 때까지 노래도 틀어봤고, 숙면에 좋다는 향초도 켜놓았었는데 이런 것들은 다 소용이 없었다. 우울한 생각을 끊어내는 가장 좋은 방법은 오히려 다른 생각을 꺼내오는 거였다. 굳이 행복한 생각을 꺼내오는 게 아니라 누가 들으면 웃을 만큼 단순한 생각 같은 거.

그래서 상자 접는 생각을 했다. 머릿속에다가 커다란 상자 하나를 펼쳐놓고, 마치 단순 노동을 하는 것처럼 상자를 접고 그 안에 생각을 넣어버린다는 상상을 해가면서 마지막으로 뚜껑까지 딱 닫아버리고 나면 조금은 마음이 편해지는 것 같았다. 그렇게 잠이 들 때까지 상자를 접다 보면, 다음 날 아침에는 어떤 우울이 나를 파먹었는지 기억조차 못 하는 내가 나를 반기었다.

모든 사람은 다들 저마다 다른 각자의 우울을 가지고 있고, 나 역시 그 부분을 있는 그대로 사랑하는 사람 중 하나지만. 언제라도 그 생각이 나를 삼켜버린다는 자각을 하게 되거든 속는 셈 치고 마음속으로 상자 하나를 접어보기를 바란다.

혹시 아나. 다른 것도 아닌 그 단순함이 마음을 되살릴 수 있을지.

혼자서도
행복하세요

사람은 분명 혼자서만 살아갈 수는 없지만, 혼자서도 잘 살 수 있는 방법은 있습니다. 다른 사람이 하는 말만 귀담아듣지 말고, 나 자신이 지금 어떤 말을 하고 싶어 하는지를 자주 들어주세요. 사랑 없이 나 혼자도 잘 살 수 있을 것 같을 때, 일생을 맡길 수 있을 만한 사람을 만나게 됩니다. 이쯤 되면 혼자서도 잘 해낼 수 있을 것 같을 때, 그 일을 더 빛나게 만들어줄 인연을 만나게 됩니다. 내가 어딘가에 온전하게 서 있으면, 그 자리에는 나를 원하는 누군가가 함께하게 되어 있어요.

중요한 건 우리 모두가 두 발을 땅에 딛고 단단하게 서 있어야 한다는 겁니다. 한 걸음씩 걸음마를 배워가는 아기처럼, 처음에는 분명 힘들겠지만 계속 시도하다 보면 언젠가 알게 될 거예요. 내가 나의 두 발로 인생의 길을 걸어가고 있음을. 그 길에서 누군가에게 업혀 있지도, 누군가를 업고 가지도 마세요. 두 손을 맞잡고 함께 걸어갈 수 있는 길을 가세요. 그렇게 우리, 혼자서도 꼭 행복합시다.

세상 가장
낮은 곳에
대하여

웬만하면 힘든 티를 내고 싶지 않았다. 내 밑바닥을 누군가에게 보여주는 일은 항상 조심스럽지 않던가. 물론 이걸 다 드러내고 '사실 나는 이런 사람이야' 하고 보여줬을 때 '내가 아는 너는 이런 애가 아닌데' 하는 말로 쉽사리 곁을 떠나버릴 사람이라면, 애초에 인연을 지속하지 않는 편이 좋겠지만. 그래도 옆에 있는 사람을 잃고 싶지 않은 건 어쩔 수 없다. 그래서 오늘도 나는 내 안의 우울을 억지로 집

우울한 생각이 자꾸만 밀려올 때

어삼켰다. 수면 밖으로 드러나면 또 한 번 누군가를 잃게
될 수도 있으니까.

세상에서 가장 약점이 많은 사람은 잃을 것이 많은 사람
이라고 했다. 지금 내게는 상처투성이 두 손밖에 남지 않
았다. 무언가를 잃지 않겠다는 욕심으로 이미 아프기만 한
손아귀를 악착같이 움켜쥐고 있었다는 증거다. 애초에 내
손 안에는 아무것도 쥐어져 있지 않았는지도 모른다. 그럼
에도 나는 이미 없는 것이 또 떠날까 두려워하고, 어떤 것
도 얻을 수 없을까 불안해하며 아까운 시간을 하염없이 소
비해왔다. 행복은 사실 멀리 있는 것이 아니라더라. 내가
아무것도 가지려 하지 않고 나의 두 손바닥부터 챙겼더라
면, 이토록 깊게 새겨져 있는 흉터가 조금 더 빨리 아물 수
있었을까.

인생을 살면서 무엇을 가장 우선순위로 두어야 하는지 깨
닫기는 너무도 어렵다. 어쩌면 죽을 때까지 알지 못할 수
도 있고, 어떤 이의 우선순위는 또 다른 이의 마음을 아프

게 할 수도 있다. 그럼에도 이것만은 어쩔 수 없이 정해두어야 한다. 그래야 내가 어떤 사람인지 알 수 있으니까. 그래서 나는 그 가치를 찾기 위해 빛 하나 들어오지 않는 감정의 밑바닥에서 며칠을 더 헤맬 생각이다. 남들 눈에 아프고 미련해만 보이는 여행이 훗날 나의 단단한 뿌리가 되어주기를 진심으로 바란다. 그리고 나와 같은 여행을 하고 있는 세상 가장 낮은 곳의 동지들에게 소소한 위로와 응원을.

그래도 알고 있잖아요, 우리는.
이 안에 대체 뭐가 있는지.

시간만으로
안 되는 것도
있어요

너무 오래 서 있었다거나 피곤해서 무리가 오거나 하면 몸
이 퉁퉁 붓잖아요. 몸도 상태가 안 좋으면 그렇게 티를 내
는데 왜 마음이 다쳐서 붓고 아픈 건 별거 아니겠지, 하고
넘어가는지 모르겠어요. 몸의 건강만큼이나 마음의 건강
도 중요합니다.

내 마음이 지금 많이 안 좋구나 싶으면 괜찮아지겠지, 하

고 자만하지 말고 정말 괜찮아질 수 있는 조치를 취하세요. 조금 망가진 것을 고치는 데에는 시간이 얼마 걸리지 않지만, 전부 무너진 것을 다시 되돌리는 것은 시간만으로 해결할 수 없습니다.

태어나 주어서
고마워

ᵕ
ᵕ
ᵕ

나이가 들면 들수록 생일을 잊고 지나가는 경우가 많아진 다고 한다. 학창 시절에는 생일 파티라는 게 선택이 아니 라 필수라고 생각했고, 몇 년 전까지만 해도 생일을 행복 하게 보내지 못하면 정말 큰 일이라도 나는 것 같았는데. 이제는 점점 그날의 의미가 내게도 덜해지고 있다는 생각 이 든다. 막상 그렇게 생각하고 나니 꽤 슬프더라.

물론 생일을 중요하게 생각하는 것과 내가 나를 사랑하는 정도가 비례한다고는 볼 수 없다. 그날 정도는 쿨하게 넘어갈 수 있는 거 아닌가, 하고 생각하는 사람도 많을 테니까. 그래도 일 년 중에 단 하루, 적어도 내가 태어난 날 하루만큼은 다른 사람이 아니라 오직 나만을 위한 시간을 가질 수 있었으면 좋겠다.

거창한 생일 파티를 한다거나 값비싼 선물 같은 걸 사자는 게 아니라, 그저 소소하게 새해 첫날 했던 다짐들을 다시 돌아본다거나 유난히 좋아하는 영화를 돌려보는 시간을 가져도 좋겠다. 혹여 하루 종일 일에 치여 몸도 마음도 지쳐버린 채 집에 돌아가 맥주 한 캔 정도 할 시간밖에 남지 않았다면 아주 잠시라도 좋으니 나에게 태어나주어서 고맙다고, 1년이라는 시간 동안 자주 울었어도 잘 버텨주어 고맙다고, 이번 해도 잘 부탁한다고. 그렇게 스스로를 다독이는 시간을 보내고 나면, 적어도 괜히 태어났다는 생각은 하지 않게 되지 않을까 해서.

가끔 내게 생일이 싫다, 태어난 게 싫다, 하며 말을 걸어오는 사람들이 있는데 저마다의 이유가 있다는 것을 알고 있기에 굳이 모든 걸 좋게 생각하라고 강요하고 싶지는 않지만. 세상에 아무 이유 없이 태어나는 사람은 없고, 태어나 무엇 하나도 이루지 못하는 사람은 없으며, 굳이 커다란 무엇이 되지 않더라도 지금 그대로도 충분한 가치를 가지고 있다는 걸 꼭 말해주고 싶었다.

누구에게도 축하받지 못했다면, 생일 때마다 이 페이지를 펼쳐보기를 바란다. 365일 하루도 빠짐없이 온전한 오늘을 맞은 당신의 탄생을 진심으로 축하하고 있을 테니.

생일 축하해.
태어나주어서 정말 고마워.

비가 온
뒤에는
무지개가
뜨겠죠

충분히 사랑받고 있다는 걸 알면서도, 어딘가 자꾸 비어버린 것 같은 기분이 들 때가 있다. 외로움은 애초에 다른 사람으로 채워질 수 있는 것이 아니다. 나 자신이 빈자리를 느끼지 않을 만큼 차 있지 않으면 언젠가 그 자리가 잠깐이라도 시리게 되기 마련이다. 가끔은 이 나이 먹고 꿈을 꾼다는 게 좀 미련한 소리인 것도 같고, 그렇다고 마음속에 아무것도 품지 않은 채로 살자니 너무 재미가 없다. 처음부터 꿈같은 거 꾸지 않고 사는 사람들도 많을 텐데, 뭐라도 있다 흐려지기라도 했으니 그것만으로 만족해야 하는 건가. 처절하게 달려 흐릿하게라도 그려져 있는 밑바탕이 그나마 나를 이렇게라도 살아갈 수 있도록 만들었음을 알고 있다.

남한테 미움받는 것 따위는 이제 아무렇지 않다. 단지 내가 나를 미워하게 되는 것이 싫다.

막연하게라도 기대하게 되는 것이 생겼으면 좋겠다. 이를테면 비 갠 하늘의 무지개 같은 것. 그래도 무지개는 가끔 보았으니까, 아직 한 번도 본 적 없는 별똥별 같은 것이면 더 좋겠다. 대낮에 하늘 가득 쏟아지는 별똥별을 바라보며 소원을 빌겠다는 실언을 웅얼거리면서. 세상일은 진짜 아무도 모르는 건데 내 인생은 네가 어쩜 그렇게 잘 아냐고 웃어대고 싶다. 아무것도 모르는 채로 태어난 것이 우리가 가진 가장 큰 축복이 아니냐고.

나에게
딱
적당한 것

누군가 내게 이 세상에서 가장 두려운 사람이 누구냐고 묻는다면 나는 주저 없이 바로 '나'라고 대답할 것이다. 어느 순간부터인가 나를 옭아매는 올가미는 다른 사람의 손이 아니라 내 손으로 만들어져 있었다. 얼마나 견고한지 도무지 벗어날 틈을 찾아볼 수가 없다. 게으르고 나태한 하루를 보내면서도 머리 한쪽으로는 이렇게 살아서는 안 된다는 생각을 놓지 못한다. '원래 그래야 맞는 거 아닌가?' 하고 생각한다면 그 말도 틀린 말은 아니지만, 몸이 쉬고 있어도 정신이 쉬지 못하면 완벽한 휴식이라고 보기 어렵다.

정말 모든 것은 적당한 것이 좋다. 적당한 거리를 유지하고 적당한 선을 지키면서 적당한 템포를 찾아내는 것. 과하면 탈이 나고, 부족하면 이루는 것이 없다. 나에게 딱 적당한 정도를 찾아내어 내가 구태여 아프지 않게 하는 것. 대체 언제쯤 되어야 나는 나 자신을 괴롭히지 않을까.

아무도
우는 법을
가르쳐주지
않았다

요즘에는 그래도 우는 것에 많이 관대해진 것 같기는 하지만, 내가 초등학교에 다닐 때까지만 해도 눈물은 유약함의 상징이었고 친구들에게 놀림받을 만한 충분한 이유였다. 그렇게 우는 법을 제대로 배우지 못하고 성장한 어른들은 자라서도 마음을 숨기느라 바쁘다. 몇십 년을 그렇게 자라왔는데, 남들이 그러지 않아도 된다고 옆에서 아무리 말한들 고치는 게 쉽지 않다. 상대방을 배려하지 않고 무작정 뱉는 조언은 조언이 아니라 일종의 감정 폭력이다. 우는 법이라는 건 사실 별거 없다. 눈물이 나오면 나오는 대로 두면 되는 건데, 계속 참던 사람들은 그게 어느 순간 습관이 되어서 이제 우는 것도 내 마음대로 못하겠다고 하더라. 그리고 사실 제일 문제는 잘 울던 사람이 좀처럼 울지를 못하는 거다. 슬픈 영화 속 한 장면만 보아도 눈물을 펑펑 쏟아내던 친구가, 언제 한번 한참 속앓이를 하고 나더니 훨씬 슬픈 영화를 보고 있는데도 미동조차 없는 걸 보고 어찌나 마음이 아프던지.

할 수만 있다면 너에게 다시 우는 법을 가르쳐주고 싶다. 한참이나 껴안고 몇 번이고 따뜻하게 등을 쓸어주면서. 가고 싶다는 곳에 같이 가서, 좋아하는 음식을 같이 먹고 좋아하는 음악을 같이 들으면서. 방금까지 깔깔거리며 웃고 있었으면서 뜬금없이 눈물이 터져서는 내가 무슨 말을 하든 아랑곳하지 않고 한참을 엉엉 울어버린다고 해도 그냥 다 잘했다고 해줄 수 있으니까. 네가 그렇게 조금이나마 편해질 수 있었으면.

코드명: 블루

우울한 사람들의 모임을 만들고 싶다. 책상에 빙 둘러앉아
서 오늘은 이래서 우울했고, 어제는 저래서 우울했고, 엊
그제는 또 이런 일들이 이렇게나 많았는데 그래도 말하고
나니까 이제 속이 좀 시원한 것 같다고. 정말 미친 사람들
처럼 다 같이 펑펑 울어대면서 이렇게까지 살아야 하냐는
푸념을 늘어놓고. 어차피 내일도 우울할 걸 알아도 또다시
이 자리에 와서 다 풀어버리면 되니까 하고 조금은 마음을
놓을 수 있게 만드는 그런 사람들의 모임.

뒤돌아서면
안온한 하루

생각해보면 시간이 참 빠르다. 아무것도 모르고 살 것 같던 나도 이제는 나름대로 자부하는 것들이 생겼고, 언제까지나 함께하리라 믿었던 사람들은 이미 반 이상 떠나가고 없다. 현재를 사랑해야 한다고 매일 말하면서도 어떤 날은 과거의 그림자에 메여 있고, 또 어떤 날은 오지도 않은 미래를 걱정하며 살아간다. 모든 일은 지나가기 마련임을 잊지 않는 것과 입 밖으로 뱉은 일을 지켜내는 것은 여전히 어렵다. 그래서인지 예전보다 말수가 줄었다. 가면 갈수록 책임질 것들이 많아지고, 그중에서도 나 자신을 책임지는 일이 가장 버겁다고 느낀다. 가끔은 왜 이렇게까지 하면서 사나 싶고, 그래도 가끔은 이런 게 사는 거지 싶다. 이렇게 다른 하루를 살다 보니 나도 오늘 내 기분이 어떨지 가늠하기 힘들 수밖에 없다. 세상에 쉬운 일이 어디 있겠나. 그렇게 쉬웠으면 다들 웃고만 살았겠지.

하고 싶은 일만 하고 사는 사람은 별로 없다는 걸 알고 있기에 하기 싫은 일을 할 때 웃어넘기는 법을 알고 싶어졌다. 모든 사람이 나를 사랑할 수는 없다는 것을 뼈저리게 느끼고 난 이후부터는, 내가 사랑하는 사람들에게만 잘하게 되었다. 사랑을 주고는 같은 것을 바라지 않고, 더 이상 내가 가진 것을 남과 비교하지 않는다. 누구보다 행복하지는 않지만, 그다지 불행하지도 않다. 나는 단지 당신의 하루가 조금 더 유쾌했으면 좋겠고, 내일 비가 오더라도 좀처럼 우울해하지 않았으면 좋겠다. 설령 남들이 상처 줄 만한 말을 하더라도, 적어도 당신만큼은 자신을 조금만 더 믿어주었으면 좋겠다. 어차피 인생은 좋은 일과 나쁜 일이

번갈아 생기는 법이라는데. 눈에 보이지도 않는 감정들을 너무 어렵게 생각하지 말고, 그저 우리는 잠 잘 자고 잘 먹고 누군가에게 먼저 웃어줄 수 있는 사람으로 살아갔으면.

오늘의
할 일:

아무것도
안 하기

아무것도 써지지 않을 때는 아무것도 쓰지 않는 버릇이 있다. 무언가를 위해 억지로 쓰는 글에는 힘이 없다고 생각하기 때문이다. 작가는 무언가를 써야 살 수 있는 사람이다. 글로 돈을 벌어야 먹고살 수 있는 것도 맞지만, 글을 쓴다는 행위 자체로 마음속에 있는 응어리를 풀어내기도 한다. 그러니 분명 뭐라도 써야 바닥을 기어 다니고 있는 기분이 나아지는 것은 맞는데, 내 마음이 왜 이런지 나조차 잘 모르겠다 싶을 때는 몇 시간을 가만히 앉아 글을 쓰려고 노력해도 정말 한 글자도 쓸 수가 없다. 차라리 그 시간에 잠을 자는 게 낫지.

인생이라는 게 늘 좋은 일만 있을 수가 없고 힘든 일이 훨씬 많은데 그때마다 동굴 속에 들어가서 마냥 울고 있을 수는 없으니, 우리는 각자에게 가장 잘 맞는 마음풀이 방법을 찾아야만 한다.

좋아하는 공간에 간다거나, 하루 이틀 정도는 전부 내려놓고 드라마를 몰아서 본다거나, 노래방에 가서 목이 터져라 노래를 부른다거나, 먹고 싶던 음식을 전부 먹어버린다거나. 그렇게 마음을 풀기 위해 어떤 행동을 해도 좋지만, 여기서 가장 중요한 건 그 시간이 아깝다며 후회해서는 안 된다는 것이다.

무언가를 하는 시간만큼이나 아무것도 하지 않는 시간 역시 소중하다. 결과만큼이나 과정도 중요하다는 사실을 잊지 말자.

우울한 글

⌣
⌣
⌣

문득 생각해보니 글을 제대로 쓰기 시작한 이후부터 나는 행복한 글보다는 우울한 글을 주로 쓰는 사람이었다. 대학 시절 전공시간에 과제로 써서 제출했던 시, 소설, 희곡, 시나리오 역시 누가 정해놓기라도 한 듯 대부분 슬픈 내용이었다. 학기 중에 한 번은 교수님에게 "네가 쓰는 글은 어딘지 모르게 늘 신파가 있다"는 말도 들었다. 내가 그런 글을 주로 쓴다는 이유로, 주변 사람들은 나를 만날 때마다 내 감정 상태에 대한 걱정을 늘어놓았다. 그들이 무엇이 걱정되어 이제는 행복한 글을 써보라고 말하는지 모르는 것은 아니었으나, 알겠다고 말하면서도 어쩔 수가 없었다. 내가 쓰고 싶고 쓸 줄 아는 것은 이런 것뿐이었으니 말이다.

솔직히 말하자면 그들이 말하는 순서는 틀렸다. 내가 슬픈 글을 썼기 때문에 우울해진 것이 아니라, 나의 마음속 깊숙한 곳에 내재해 있는 아픔이 그런 글을 쓰게 만든 거다. 그렇다고 해서 내가 매일 울면서 지낸다거나, 그것 때문에 일상생활이 불가능하다거나 하는 것도 아니다. 사람마다 감정을 풀어내는 방법이 다르다. 그 방법이 그 사람을 조금 더 괜찮아지게 만드는 방법이라면, 나에게는 그 방법이 이것이었을 뿐이다.

졸업 작품을 쓸 당시에는 내가 살면서 해본 적 없는 일들을 벌이는 주인공의 일생을 풀어놓으면서도, 어딘지 모르게 그녀가 나와 닮아 있음을 느꼈다. 작가와 글이 일체화되어 해석되는 것을 바라지는 않으나, 이것이 별수 없이 나의 분신임을 부정할 수 없다.

모든 사람이 태어난 데 마땅한 이유가 있는 법이라면, 나는 이러려고 태어난 것이 아닐까. 엄청난 감명을 남기고 대대로 사람들 입에 이름이 오르내릴 만한 대단한 것은 쓰지 못하더라도, 여기 나도 이렇게 슬퍼하니 너도 마음껏 슬퍼하라면서 같이 울어주는 글 정도는 한번 써보라면서. 나는 아주 오랫동안 당신이 슬퍼할 만한 글을 쓰고 싶다. 보고 있으면 마음이 뭉클해서 울지 않고는 도무지 견뎌낼 수 없을 만큼 얼얼한 글을 쓰고 싶다. 그렇게 한바탕 울고 나면 나름대로 후련해져서 책을 한구석에 처박아두고도 또 한 번 무너져내리고 싶은 날이면 미친 듯이 찾아 헤매는 구절 하나가 되고 싶다. 그래서 나는 또 하루의 새벽을 꼬박 새웠다. 누군가의 마음 하나를 지키다.

이 정도면
됐어

살면서 '사랑'이라는 단어가 쉬웠던 적은 단 한 번도 없었다. 이 단어를 적용해야 하는 대상이 다른 사람도 아닌 '나'일 때는 유독 더 어려워진다. 나를 가장 잘 아는 사람은 다른 누구도 아닌 나이고, 그만큼 나 자신을 미워하게 될 이유는 수도 없이 많다. 나도 가끔은 '이건 너무 속이 좁은 거 같은데?', '방금은 너무 재미없었는데?' 하면서 나 자신을 타박할 때가 있다. 남들 생각이야 어쨌건 내가 나를 미워하다 보면 정말 끝이 없다.

나를 사랑하는 방법은 사실 별거 없다. 그 끝없는 자기 파멸의 고리를 내 손으로 끊어버리는 것이다. 도무지 근거가 없어 보이는 자신감도 적당히는 필요하다. 유독 나 자신이 못나 보이고 자존감이 바닥을 쳐서는 어찌할 바를 모르겠는 날에 주문처럼 외우는 말이 있는데, 그게 바로 *"이 정도면 뭐."* 라는 말이다. 별다른 뜻이 있는 게 아니라 그냥 이 정도면 다 괜찮다는 말이다. 이 정도 못남도 커버하지 못할 정도로 내가 나약하지는 않다면서 나 자신을 계속 다독인다고나 할까. 내가 내 편을 안 들어주면 세상에 누가 내 편을 들어줄까.

잘못한 부분은 깔끔하게 인정하고 넘어가는 것도 도움이 된다. 무언가를 잘못하고도 이런저런 이유를 붙이면서 합리화하고 끝내 정신승리를 한다 해도, 결국엔 그게 정신승리에 불과함을 내가 알고 있기 때문에 어느 순간 스스로를 치졸한 사람으로 만들어버릴 위험이 있다. 사람은 누구나

다 잘못을 하며 산다. 그것을 자기발전의 디딤돌로 쓰는 사람과, 똑같은 잘못을 반복하면서도 달라지는 게 없는 사람이 있을 뿐이다.

나 자신을 사랑하는 데에 정해진 방법이 있는 것은 아니다. 누군가는 나 자신을 사랑하기 위해서 끊임없이 공부하고 매일같이 운동하며, 식이 조절이나 독서, 취미생활 등 각자에게 맞는 여러 가지를 해낸다. 무언가를 했을 때 성취감을 느끼고, 나로 살 수 있게 만드는 무언가를 찾아내면 된다. 대단하고 대단하지 않고는 정해져 있지 않으니 뭐라도 시작해보라고 하고 싶다. 아닌 것 같으면 말고, 좋으면 계속해도 괜찮으니까 뭐라도 즐거운 걸 하나 찾아보자고. 혹시 아나. 그 작은 것 하나 때문에 나 자신이 조금은 더 마음에 들어질지.

VLOG

요즘은 인터넷을 조금만 둘러보아도 모르는 사람들의 일상이 수도 없이 눈에 띈다. 예전에는 일상을 공개하는 사람이 누구에게나 다 알려진 유명인들로만 한정되어 있었는데, 최근에는 각종 플랫폼이 강세를 띠기 시작하면서 너도나도 v-log를 찍어 올리는 시대가 되었다. 초등학생은 친구들끼리 모여 커버댄스를 춘 영상을 채널에 올리고, 직장인은 출퇴근길과 일하는 모습을 주기적으로 찍어 올린다. 매일 똑같은 일상에서 재미를 찾는다는 취지는 좋으나, 꾸밈없이 사소한 일상마저 남들에게 보이기 위해 변질되는 것은 아닐까 걱정이 들 때도 있다. 물론 영상을 업로드하는 일을 꾸준히 지속하는 사람은 그렇게 많지 않다. 콘텐츠로 많은 돈을 버는 사람들을 동경해 시작한 일이 결국 돈이 되지 않으면 별다른 흥미를 느끼지 못하고 접어버리는 경우가 많기 때문이다. 한때의 유행을 자신의 일상으로 승화시킬 수 있는 사람은 많지 않다.

사실 나는 남의 일상을 들여다보는 일에 그다지 흥미를 느끼지 않는다. 대부분 정보성이 확실히 있다거나, 무언가 분명 얻을 것이 있는 콘텐츠를 자주 보는 편이다.

사람들이 누군가의 일상을 들여다보는 데 재미를 느끼는 이유는, 그 영상을 통해 수많은 간접경험을 할 수 있다는 것과 동시에 영상을 보는 것으로 그 사람과 함께하고 있다는 동질감을 느껴 자신도 모르는 외로움을 충족시킬 수 있기 때문이라고 한다.

생각해보면 나 역시 잘 보지 않던 누군가의 일상을 담은 콘텐츠를 보게 되었을 때는, 다른 날보다 공허함이 심해진 때였던 것 같기도 하다. 힘든 일이 있어도 속마음을 다 털어놓고 쉴 수 없는 날에, 그냥 멍하니 남들은 뭘 하고 사는지가 궁금해서 얼굴도 나오지 않고 걸어가는 발만 나오는 영상을 한참이나 보고 있었던 때. 그래도 나름대로 조금은 위로가 되더라.

마음만 먹으면 누구하고든 함께 있다는 느낌을 받을 수 있는 이 사회에서 어떻게든 외로움을 채워낼 수 없다는 건 누구의 문제일까. 나로서 온전해지지 못하면 누군가와 함께한다고 해서 결코 괜찮아질 수 없다는 걸 알면서도. 우리는 어쩌면 잠깐이나마 거쳐 갈 온기를 찾기 위한 인생을 살고 있는지도 모른다.

미안,
오늘은 좀
바빠

사실 바쁘다는 말은 다 핑계다. 물론 잠잘 시간 하나 없이 여기저기서 터지는 일을 처리하느라 정신이 하나도 없는 사람도 있기야 하겠지. 나는 대학 시절에 아는 사람만 아는 바쁜 애였다. 모르는 사람 눈에야 그렇게 바빠 보이진 않았을 거다. 알바를 풀타임으로 뛰는 것도 아니고, 그렇다고 친구들과 어울려서 여기저기 여행을 다니는 애도 아니었으니까.

기회는 눈앞에 왔을 때 잡아야 한다고, 나는 주변에서 들어오는 제의를 주저 없이 전부 받아들였다. 파트타임 알바부터 시나리오 작업까지 하게 된 일들도 천차만별이었다. 전공 수업 과제만 해내기에도 벅찬 상황인데, 잠을 줄이면 어떻게든 해결할 수 있다고 생각했던 건 대체 무슨 자신감이었는지. 어려서 대책이 없었던 건지, 그만큼 열정이 넘쳤던 건지 모를 일이다.

결론부터 말하자면, 그 당시의 나는 48시간을 뜬눈으로 새운 뒤 다음날 학교에 가고 새벽 두세 시에 시작되는 스카이프 회의에 참여해가며 쏟아지는 과제를 하나도 빠짐없이 해내었다. 다시 하라고 하면 다시는 하고 싶지 않을 만큼 힘든 시기였지만, 내가 가지고 있는 것들 대부분은 분명 이 시절이 있었기에 가능했음을 믿어 의심치 않는다.

매일 앞만 보고 달리기만 했던 시절 덕분에 지금의 내가 있다고는 해도, 어느 정도의 나태함은 분명 필요하다. 나 역시 한동안은 번아웃 증후군이 찾아와 무기력증에 시달리며 방 안에 갇혀 시간이 흘러가기만을 기도했었다. 모든 것이 딱 적당하기만 하면 참 좋겠지만, 사람이 정도를 지킨다는 게 생각보다 그리 쉬운 일은 아니더라. 한없이 열정적인 시간과 한없이 무기력한 시간을 함께 보내고 나서야 나는 스스로가 버틸 수 있을 만큼의 일감을 부여하기 시작했다. 가끔은 너무 쉬고 있는 것 아닌가 싶을 때도 있지만, 여기서 한 시간 더 일한다고 해서 마냥 좋은 결과가 나오지는 않는다는 것도 알고 있다.

바쁘다는 말이 핑계라는 것은 부정할 수 없지만, 그렇게 핑계를 대서라도 지켜내야 하는 일상이 내게는 조금 더 중요하다. 열심히 사는 만큼 꼭 열심히 쉬기를. 무작정 일을 열심히 하라는 사람보다 오늘쯤은 쉬어도 된다고 말하는 사람이 많아지기를. 인생은 길고, 어차피 우리는 오늘이 아니어도 내일 또 일할 테니까.

어차피
너는 그게
네가
아니라는 걸
알잖아

⌣⌣
⌣⌣

살다 보면 정말 밥 먹듯이 거짓말을 해대는 사람을 한두 명 정도는 마주하게 된다. 그런 사람들을 볼 때마다 궁금하다. 정말 듣는 사람이 그걸 다 믿을 거라고 생각해서 아무 말이나 해대는 건가? 세상에 영원한 비밀은 없다. 거짓말은 또 다른 거짓말을 낳는다. 게다가 근거 없는 말을 자주 하는 사람에게도 나름의 패턴이 있어서, 그거 하나만 파악하고 나면 어디서부터 어디까지가 거짓인지 판단하기가 그다지 어렵지 않다.

거짓으로 자기 자신을 포장하다 보면 언젠가는 분명 한계가 온다. 아무리 남들이 속아준다고 해도, 나 자신까지 완벽하게 속이기는 어렵다. 열 가지 허울을 뒤집어쓴 나의 모습보다 벌거벗고 있어도 오롯이 나인 채로 서 있는 내가 더 가치 있다. 나는 당신이 더 이상 자기 자신을 속이려 애쓰지 않았으면 좋겠다. 외적으로 변화하기는 쉬우나 내적으로 변화하는 것은 어렵다. 내적인 부분이 변하려면 남들의 인정보다 나 자신의 인정이 더 필요하기 때문이다.

지금 당장 잘나지 않아도, 예쁘지 않아도, 성공하지 않아도 좋다. 삶을 진실하게 대하는 자에게는 언제든 기회가 찾아온다. 거짓말은 사람을 나날이 병들게 할 뿐 얻는 것은 없다는 것을 명심하자.

권태로운 일상에서 벗어나는 법

권태기라는 단어는 '부부가 결혼한 뒤 어느 정도 시간이 지나 권태를 느끼는 시기'라고 정의되어 있다. 여기서 권태는 '어떤 일이나 상태에 시들해져서 생기는 게으름이나 싫증'이라는 뜻인데, 포털 사이트에 이 두 글자만 검색해도 이런 상태를 힘들어하거나 극복하고 싶어 하는 사람들을 쉽게 찾아볼 수 있을 만큼 흔한 감정 중 하나다.

사실 권태가 마냥 나쁘다고 할 수는 없다. 익숙한 것에 지루함을 느끼는 것은 어찌 보면 무척 자연스러운 일이기 때문에, 좀 슬프기야 하겠지만 관계에서 적당한 이슈를 만들어내는 것도 개인의 능력이라 할 수도 있겠다. 물론 연인 관계에서 한쪽은 여전히 처음과 같은 마음으로 불타고 있는데, 한쪽만 권태감을 느끼고 있다면 심각한 감정 소비를 불러일으킨다. 마음이 큰 쪽이 더 힘든 건 당연하겠지만, 마음이 줄어든 쪽이라고 해서 마냥 아무렇지 않을 수는 없다. 관계의 변화에 혼란을 느끼는 것은 사실 어느 쪽이든 마찬가지다. 상황에 따라 정도의 차이가 있을 뿐이지.

우리가 일상에서 느끼는 권태감도 마찬가지다. 무방비 상태에서 갑자기 찾아온 그것은 지금까지 내가 느끼고 있던 재미들을 한순간에 전부 증발시켜버린 것처럼 사람을 무기력하게 한다. 손 하나 까딱하고 싶지 않은 깊은 우울에 빠져 있자니 너무 대책이 없는 것 같고, 뭐라도 해보자니 어디서부터 뭘 시작해야 나아질지 도무지 감이 오질 않는다. 그래도 이럴 때 아무것도 하지 않고 있는 것보다 뭐라도 하나 해보는 게 도움이 된다고 하더라.

물론 아무것도 하지 않고 휴식을 취하는 것도 좋다. 연인 사이라면 서로를 되돌아볼 수 있게 일정한 기간을 두고 생각하는 시간을 갖는 것이 오히려 서로에 대한 소중함을 되살리는 데 도움이 될 수 있다. 평소보다 조금 더 빨리 일어나서 생활한다거나, 낮잠을 자본다거나, 익숙하지 않은 곳에 여행을 가서 무작정 돌아다녀보는 것도 괜찮다. 낯선 환경에 적응하는 데 스트레스를 느끼기는 하지만, 권태감에 빠져 있을 때는 오히려 그 스트레스가 좋은 쪽으로 작용하기도 한다.

그저 조금 미지근해졌을 뿐이다. 모든 게 처음이랑 똑같을 수는 없으니까. 시간이 지나면 예전처럼 다시 뜨거워질 수도 있고 지금과 비할 게 없을 만큼 차가워질 수도 있겠지만, 모든 기준은 상대적이어서 사실 어느 쪽에 기준을 세우고 있는지에 따라 달라지는 게 아닌가. 우리는 그저 너무 오랜 무기력에 빠져 있지 않고, 나의 개인적인 감정 때문에 누군가에게 상처 주지 않으면 그뿐이다. 시간이 지나고 나면 지금 이 순간 역시 미래의 나에게는 차라리 괜찮았구나 싶을 과거일지 누가 아나.

꼬박
10년 동안

좋은 글을 쓰고 싶었다. 좋은 글이 어떤 의미를 가지고 있는지는 글을 쓰기 시작한 지 꼬박 10년이 되고도 제대로 알지 못한다. 처음에는 그냥 쓰고 싶은 글을 쓰고 있다는데 만족했다. 그다음에는 단 한 사람이라도 이 글을 보고 위안을 받는다면 그뿐이라고 생각했는데, 지금은 내가 살기 위해서 글을 쓴다.

여전히 글을 쓰는 일이 하소연 같이 느껴질 때가 많다. 쉼표 한 번에 간신히 숨을 돌리고, 마침표 한 번에 애써 마음을 접어가면서. 모든 건반을 꾹꾹 잘 눌러주어야 아름다운 소리가 나는 피아노곡 하나를 죽어라 연습해 완성하는 기분으로 한 글자 한 글자를 힘주어 눌러간다.

마음에 담아둔 말들이 저마다의 사연을 가지고 순서 없이 서로를 앞다투어 나오고 있어 각자의 길을 정해주는 데 꽤 오랜 시간이 걸릴 것 같다. 이것들이 전부 각자의 길을 찾아 달려갈 때가 되어서야 나는 비로소 안정을 찾을 수 있을까.

사랑이 ————————
사람을 ————————
지치게 할 때 ————————

녹는점

～
～
～

갑자기 눈이 오니까 생각난 건데, 사랑은 아마 눈처럼 오는 게 아닐까. 한번 함박눈이 내리면 시간이 얼마 지나지 않은 것 같은데도 온 세상이 다 하얗게 변해버리니까. 그렇게 눈앞이 다 하얘져서 그 사람 말고는 아무것도 보이지 않을 것처럼 사랑하다가, 한참 사랑을 하다 보면 마음이 너무 뜨거워져서는 점점 녹아버리겠지. 그렇게 익숙해지고 그러다 바보 같이 또 한 번 소중함을 잃고, 별것도 아닌 일들로 서로 부딪히기만 하다가 끝내 헤어져버리고 나면. 그게 처음 나에게 내려왔을 때 얼마나 하얗고 예뻤는지를 잊어버려. 지친 마음의 길에서는 네가 이미 너무 많이 밟혀버려서 처음의 그 순수했던 모습은 찾아볼 수가 없거든. 근데 그 못난 게 얼어버리기까지 하면, 나는 너 때문에 내가 너무 자주 넘어져서 이만큼 다쳐버리지 않았냐고 자꾸만 화를 내.

헤어짐에 한 사람의 잘못만 있는 경우는 거의 없어. 8할이 얼어버린 네 잘못이었다고 해도, 거기서 넘어지지 않도록 나도 조금 더 노력했어야 해. 그래도 얼음한테 화를 내고 싶은 건 뭐가 어쨌든 내가 지금 당장 아파서야. 어쩔 수 없잖아. 안 그래도 아픈데 계속 나 자신만 탓할 수는 없으니까. 그렇게 시간이 흐르고 또 흘러서 내 세상의 눈이 다 녹아버릴 때쯤이 되어서야 나는 비로소 네가 아닌 내가 되겠지. 그 시간이 얼마나 걸릴지는 아무도 모를 거야. 마음의 온도가 생각보다 쉽게 올라가지 않을 수도 있는 거니까.

그래서 넌 지금 내 마음 어디쯤에서 녹고 있니. 내가 더이상 무언가를 바라지 않으면, 내 세상에도 또 한 번의 눈이 내릴 수 있을까. 첫눈이 내리던 어느 날, 그 벅찬 설렘처럼 모든 게 다 흐려져버린 이곳에 누군가 꽃을 피울 수 있다면.

사랑이 사람을 지치게 할 때

나를
나태하게 만드는
당신에게

⌣
⌣
⌣

오래전부터 좋아하던 노래 중에 '내 꿈은 당신과 나태하게 사는 것'이라는 제목의 곡이 있다. 남들이 듣기에는 딱히 특별할 것 없는 멜로디라고 생각할 수 있겠지만, 그 멜로디에 참 잘 어우러지는 애틋하고 뭉클한 가사를 가지고 있어서 멜로디보다 가사를 더 중요하게 생각하는 내 음악 취향에 정말 딱 맞는 노래 중 하나였다. 한 번이라도 이 노래를 접해본 사람이라면 이미 알고 있겠지만, 이 곡의 가사에는 '네가 늘 있는 것'이라는 문장이 반복적으로 등장한다. 한참이나 꿈같은 이야기를 상상하며 미소를 짓다가 잔잔히 반복되는 구절을 듣는 순간 머릿속에 떠오르는 사람이 있다는 것만으로도, 현실 속 나 역시 달콤한 상상만큼이나 행복할 수 있다는 사실을 실감하게 하는 4분 14초.

너를 사랑한다. 나를 향해 건네는 단어의 음절이 가지고 있는 따뜻함을 사랑하고, 네 손을 잡았을 때 전해오는 온기를 사랑하고, 품 안 가득 나를 안고 한참을 펑펑 울어버리고 마는 너의 유약함도, 그러다가도 금방 웃어버리는 너의 단순함도, 화가 났을 때 한껏 찌푸려지는 미간까지 그렇게 네가 가진 모든 것을 전부.

너는 매번 내가 너를 왜 사랑하는지 모르겠다고 하지만, 그 이유를 찾을 수 없게 만든 너를 사랑하지 않으면 내가 대체 누굴 사랑할까. 세상에 영원이라는 것이 없다고 해도 지금 이 순간 내가 너를 이 세상에서 가장 많이 사랑하고 있다는 사실은 누구도 부정할 수 없을걸.

사랑이 사람을 지치게 할 때

사랑해. 세상 모든 노랫말에 너의 이름을 붙이고 싶을 만큼. 이번엔 꼭 이 말을 해주고 싶었어. 어떤 노래를 들어도 내가 떠올리게 되는 사람은 오로지 너일 테니까.

그쯤에서 하고
넘어와

태어나 받아본 가장 어이없는 고백이었다. 그때 그 자리에서 하필 그 노래가 흘러나왔을 때부터 눈치를 챘어야 했는데. 골목 곳곳에서 비집고 나와 마음을 온통 적셔버릴 만큼 따뜻한 사람을 온전히 품어낼 준비도 하지 못했으면서, 겁도 없이 나는 너를 덜컥 안아버렸지. 그게 아주 오래도록 나를 아프게 할지도 모르고.

로맨스가
필요해

ᵕ
ᵕ
ᵕ

사실 내가 꿈꾸고 있는 낭만이라는 건 별게 아니다. 예전에는 에펠탑이 보이는 숙소에서 사랑하는 사람과 함께 적어도 한 달 정도는 살아야 제대로 된 낭만 아닐까 하는 미친 생각도 해봤었는데, 지나고 보니 정말 낭만적이다 싶은 것들은 오히려 사소한 경우가 많더라.

퇴근길에 손잡고 올려다보는 초승달이나 휴일마다 당연

하다는 듯 나를 위해 비워두는 시간 같은 것. 길을 가다가 '이거 좋아할 거 같은데' 하고 손에 집어 든 주전부리나 평소에는 마시지도 않던 커피를 달고 살면서 자연스레 닮아가는 취향 같은 것. 매일 밤 같은 시간에 잠이 들고, 내가 조금 먼저 깨어나면 곤히 잠들어 있는 너의 머리칼을 조심스레 쓸어넘기는 다정함 같은 그런 것.

누군가를 사랑하게 되는 일은 어렵지 않지만, 그 감정이 오래 지속되는 일은 어렵다. 사랑하는 사람을 위해 무언가를 하려고 하는 것은 쉽지만, 시간이 지나도 끝까지 그 마음을 당연하게 여기지 않는 것은 어렵다. 이 어려운 일을 서로를 위해 어떻게든 해보려 노력하는 마음, 그것이 지금 내가 말하는 낭만이 된 것 같다.

오늘도 온 마음을 다해 나의 낭만을 지키는 당신, 금방이라도 녹아내릴 것 같은 미사여구를 사용하지 않아도 네가 나의 사람임을 의심하지 않을 만큼 아주 많이,
사랑하고 있어.

문답

⌣
⌣
⌣

나의 전부를 내어주어도

아깝지 않을 만한 사람을 만나는 일과

내가 나 자신을 진심으로 사랑하게 되는 일 중

어떤 것이 더 어려울까.

운명선과
애정선

⌣
⌣
⌣

수많은 사람들 속에서도 그 사람 하나만 보이면, 그게 바로 사랑이라고 했던가. 저 멀리서 나를 기다리고 있는 너의 뒷모습을 보고 나는 그제야 그 말이 진실임을 실감했지. 그래, 우린 아무것도 변하지 않았어. 서로를 잃은 채로 지내왔던 시간들이 가끔 마음을 스쳐 지나가더라도, 그런 것 따위는 금방 잊고 말겠지. 네가 나의 사람이라는 사실 하나에도 자꾸만 울컥하는 마음을 참아낸다. 이렇게 좋은 날 내가 또 울어버려서는 안 되니까.

네 손을 잡고 있다는 게 신기해서 종일 네 손바닥을 만지 작거렸다. 내가 예전에 그랬지. 네 손바닥을 가로지르는 운명선과 애정선 사이 그 어디쯤에서 나는 깊이 뿌리를 내 리고 살 거라고. 그러니 언제라도 좋으니까, 정말 잠깐이 라도 내가 보고 싶다는 생각이 들거든 주저 말고 내게 돌 아오라고. 내가 너의 운명임을 더는 부정하지 말고. 그 말 이 아주 오래 돌고 돌아 오늘에서야 네가 그랬다. 사실 그 때부터였다고. 네가 가는 모든 길의 끝에 내가 있을 거라 믿게 되었던 것. 네가 내게 남아 있는 가장 깊은 흉터가 되겠구나, 하고 매일 사죄했던 것이.

너도 알지? 나는 네 곁에 머무를 때 가장 예뻤고, 어딜 가 나 사랑받았고, 매 순간이 찬란했으며, 네가 가장 애틋해 하는 나의 입꼬리에 항상 너를 달고 다녔지. 여전히 내게 너라는 존재는 이 깊은 우울의 유일한 해결책이고, 나를 나인 채로 가장 빛나게 하는 단 하나의 낭만이야. 너를 만난 이후로, 단 하루도 너를 생각하지 않은 날이 없었지. 이 젠 나를 어디에도 혼자 보내지 않을 거라 약속해줄 수 있 겠니.

사랑아, 영원이라는 말을 믿지 않는 너에게 내 지난 시간 들의 모든 기록을 보낸다. 세상 모든 것에는 예외가 있고 아주 오랜 시간이 흘러도 변하지 않을 마음이 있다면, 그 건 오롯이 너를 향한 나의 것이라 확신하기에. 내 일생의 꿈과 같은 크기로 너를 사랑해. 내가 감히 어떤 말로 너를 담을까.

나는 아주
오랫동안
　　　너이고 싶어

흔히들 사랑을 하면 상대방을 닮아간다는 말을 자주 하곤
한다. 실제로 자신과 외적으로 비슷한 사람에게 더 끌린다
는 연구 결과가 있기도 하고, 자주 만남을 거듭하다 보면
사소한 습관이나 말투 같은 것들이 꽤 흡사해지는 경우가
더러 있기도 하다. 그런 의미에서 나는 닮아가고 싶은 사
람을 사랑하고 싶었고, 그 사람이 보고 있는 나 역시 그런
존재이기를 바랐다. 내가 조금 더 나은 사람이 되고 싶게

하고, 나를 통해 인생의 중요한 무언가를 이끌어나갈 원동력을 얻게 되는 사람. 그런 사람을 사랑할 수 있다면 이번 생에 가진 행운은 다 쓰는 게 아닐까 하면서.

사람이 느끼는 감정이나 처하는 상황이 대체로 비슷하다고 가정한다면, 대부분 사람들은 사랑 앞에서 어느 때보다 약해지고 때로는 한없이 강해진다. "나는 약하고도 강하다."라는 문장이 그 어느 것보다도 사랑을 가장 잘 표현하고 있는 말이라고 생각한다.

나는 언제나 네 앞에서 가장 어리석고 불완전했지만, 너와 우리를 지키고자 했을 때만큼은 미완성에 가까웠던 내 인생도 조금은 더 단단한 모습으로 지켜낼 수 있었다. 사랑은 나의 힘이었고, 너는 나의 중심이었으며, 나는 네가 가는 길이 어디라도 같이 걷고자 하는 모자란 여행자였다. 그럴 수만 있다면 나는 정말이지 오래, 아주 오랫동안 너이고 싶었다. 이별이라는 단어가 결코 갈라놓을 수 없는 그런 대단한 사랑을 하고 싶었다는 말이다.

모든 만남에는 이별이 있고, 사랑이라는 단어는 결코 행복
만을 담고 있지 않다는 것을 알지만. 그럼에도 불구하고
우리는 결국 서로를 빼곡하게 채워낼 수 있는 인연이기를.

나를 빛나게
하는 사람

서로 많은 말들을 주고받지 않아도 이 사람이다, 싶은 사람이 있다.

함께 있으면 공기부터 달라지는 사람. 똑같은 길을 걷고 있어도, 함께 있다는 것만으로도 새로운 곳에 찾아온 것 같은 느낌을 받게 하는 사람. 평소 같지 않은 나의 모습을 자연스럽게 이끌어내는 사람. 세상의 모든 언어를 찾아보아도 어느 것 하나 만족스레 이게 너야, 하고 표현해줄 수 없는 사람. 그동안 힘들었던 모든 시간을 보상받는 것 같은 빼곡한 행복을 선사하는 사람. 친애하는 나의 사람. 나의 사랑.

백 번째
첫사랑

첫사랑을 정의하는 기준은 사람마다 다르다. 누군가는 첫
사랑을 정말 '처음' 사랑이라는 감정을 느끼게 만든 사람
이라고 하고, 또 다른 이는 그저 첫 연애를 시작한 상대라
고 한다. 아직 때 묻지 않고 순수했던 그 시절을 함께한 사
람에게 여전히 일종의 환상 같은 게 있는 것 같기도 하다.
이를테면 그 사람을 그때가 아니라 지금 만났다면 조금은
달라지지 않았을까 하는 생각들 말이다.

우리는 '아쉽다'는 감정에 무의식적으로 집착하게 된다. 이건 정말 아니라고 생각해도 마음을 고쳐먹는 일이 말처럼 쉽지는 않다는 것이다. 그러니 과거의 연인에게 연락이 와서 현재 만나고 있는 사람과 헤어지는 일이 빈번히 일어나는 건 어찌 보면 당연한 일인지도 모른다. 그러나 안타깝게도 그 결과가 좋았다고 말하는 사람은 거의 본 적이 없다. 오히려 막상 만나 보니 생각보다 좋지 않았다거나, 원래 만나고 있던 사람이 훨씬 나았다고 후회하는 경우가 더 많았지.

기억은 시간이 지날수록 나빴던 부분보다는 좋았던 부분을 더 오래 남기기 마련이다. 그렇게 미화가 되어버린 추억은 상대방의 장점을 극대화해 환상 속의 인물을 만들어낸다. 그 사람이 정말 그렇게 좋기만 한 사람이었다면 그보다 더 좋을 수는 없겠지만. 사람은 쉽게 변하지 않는다는 것과 한 번 문제가 된 부분은 두 번 세 번 또 다른 문제를 만들어낸다는 사실을 미루어볼 때, 언제고 꼭 한 번은 '과거의 인연은 과거에 남겨두는 편이 좋다'는 말이 괜히

있는 게 아니라는 걸 느끼게 되는 순간이 오더라. 결과야
어떻든, 적어도 자신이 한 선택에 후회만큼은 없기를 바란
다. 과거의 인연에 흔들리게 된 것은 현재의 관계가 온전
하지 못하다는 증거이며, 그 사실은 직접 겪어보지 않고서
는 끝내 모를 일이니 말이다.

첫사랑을 하고 싶지 않다. 그냥 모든 사랑이 처음 같았으
면 좋겠다. 굳이 무언가를 처음이라고 정의하지 않아도,
지금과 그때가 다르다고 투정 부리며 시간의 흐름에 많은
것들이 바라지고 그렇게 우리가 예전 같은 모양새를 하고
있지 않더라도. 그래도 사랑만은 변하지 않고 그대로 남
아, 남들 보기에 구닥다리 같을지 몰라도 내겐 무엇보다
가치 있는 것으로 남아주었으면. 사랑 때문에 우는 사람은
있어도, 사랑 때문에 초라해지는 사람만은 없었으면 하는
그런 마음으로. 아주 오래 당신을 사랑하고 싶다.

오아시스

ᵕ ᵕ
ᵕ ᵕ
ᵕ

나는 왜 매번 들어도 도망가자는 말이 그렇게나 좋을까.
말도 안 되는 소리일 수도 있지만, 그래도 이왕이면 내가
힘들다고 하면 무작정 도망가자고 말해주는 사람을 만나
고 싶다. 매일 울고 구질구질 대고 우울 속에 빠져 몇 날
며칠 생난리를 치더라도 그냥 옆에서 가만히 보고 있다가
내 손 딱 잡고 *"그래, 그럼 우리 도망가자."* 하고 어디로든
떠나줄 수 있는 사람의 존재가 절실하다. 그 사람 곁이라

면 매일 똑같이 반복되는 일상은 별문제도 되지 않을 것만 같아서. 내 유일한 도피처. 내 일생의 오아시스.

사랑이 사람을 지치게 할 때

누군가의
행복이
되는 일

⌣
⌣

나는 네가 어딘가로 떠나자고 하면 주저 없이 같이 가줄 수 있는 사람이 되고 싶어서, 지금 그러기 위한 준비를 하는 중이다. 그렇게 생각하면 일하다 지쳐 한껏 가라앉아버린 마음도 조금은 누그러진다. 누군가를 위해 사는 것보다 나 자신을 위해 사는 것이 더 낫다지만. 좋아하는 드라마에서 들었던 여자 주인공의 대사처럼, 세상에 나 하나쯤 나 자신 말고 누군가를 위해 살아보겠다는데. 그게 뭐 어때서.

물론 내 인생의 반쪽을 네게 거는 것이니만큼 손잡는 일부터 우리라는 단어를 쓰는 일까지 하나하나 다 조심스러워질 거다. 너의 생을 빌어 나의 행복을 찾는 일인데, 네게도 많은 것들을 허락받아야 하지 않을까.

네가 사랑한다고 말하기 전에 내가 먼저 고백해야지. 대신 너는 내가 웃기 전에 이미 웃고 있는 사람이 되었으면. 내가 너의 행복이 될 수 있다면 참 좋을 텐데.

Give & Take

⌣ ⌣
⌣ ⌣

사람은 사랑하는 이를 헷갈리게 만들지 않는다. 누군가를 만나면서 그 사람의 행동에 의문점이 생긴다면 그 상황을 헷갈리게 하는 것이 나의 마음인지, 그 사람인지 깊이 생각해보아야 한다. 전자라면 내 감정을 다스리는 일에만 집중하면 되겠지만, 만약 후자라면 내가 상처받게 되더라도 이 사람 곁에 남을지를 선택해야 하니 이 사람에 대한 나의 감정을 확실하게 파악해야 한다. 가끔 그 사람에 대한

연민이나 동정, 또는 동경 따위를 사랑이라고 착각하는 경
우도 있으니까.

사랑을 판단하는 기준은 사람마다 다르겠지만 자신만의
기준으로 이 감정이 정말 사랑이라는 것을 확신하는 과정
을 거치고, 그렇게 오랜 시간을 들여 생각했음에도 불구하
고 이러나저러나 이 사람이 내게는 사랑이라면. 하루에도
열두 번은 더 흔들리는 마음 때문에 힘들더라도 곁에 남아
할 수 있을 때까지 진심을 다해 사랑해야만 하겠지. 이 정
도 되면 사실 떠나고 싶다는 생각을 밥 먹듯이 하더라도
떠나기 쉽지 않을 테니까.

그러나 정말 중요한 건 시간이 지날수록 그 사람이 나를
좀먹게 만든다는 것을 인지했을 때, 적어도 그때만큼은 사
랑보다 나 자신을 택해야 한다는 것이다. 사랑은 돌고 돌
아 다시 찾아오지만, 그 시간이 망쳐버린 나는 쉽게 돌아
오지 않는다.

사랑이 사람을 지치게 할 때

그 사람이 없으면 금방이라도 죽어버릴 것 같겠지만, 이미 나는 그 사람 곁에 머무름으로 인해 죽어가고 있다. 근본 적으로 내게 무엇이 더 중요한지를 판단하는 건 다른 사람 이 해줄 수 있는 일이 아니다.

부디 나를 사랑하는 사람을 사랑하라. 그 사람은 당신을 사랑하지 않는다.

이제는
마침표를
찍어야 할 때

그날 내가 너의 이름 뒤에 찍은 것이 마침표였어야 했는데. 아쉬움에 남겨놓은 쉼표 하나가 자꾸만 마음을 어지럽힐 줄이야. 너와 나의 관계가 예전처럼 잠시 쉬고 있는 게 아니라는 걸 알고 있어. 맺고 끊음을 못하는 것만큼 어리석은 건 없다고 하던데, 나는 왜 늘 너에게는 애매하기만 할까.

그곳

〰
〰
〰

이유 없이 우울한 날에는 당연하다는 듯 그곳을 찾았다. 사람들이 많이 지나다니는 거리의 카페테라스에 앉아 아끼는 책 한 권을 올려놓고 페이지를 넘길락 말락 하며, 계속해서 변화하는 거리를 하염없이 바라보았다. 가끔은 그러다 우연히 아는 사람을 만나 뜻밖의 이야기를 나누기도 했고, 한참이나 바깥에 있었던 탓에 느닷없이 찾아온 감기로 한참을 고생하기도 했다. 중요한 건, 그곳에 다녀오고 나면 마치 커피 한 잔에 모든 걸 다 삼켜버린 사람처럼 마음이 편해졌다는 사실이다. 그렇게 한두 달은 아무 일도 없었던 사람처럼 잘 지낼 수 있었다.

산다는 게 그렇게 쉬운 일이 아니라는 건 알고 있었지만, 요 몇 년간은 스스로 감당할 수 없을 것 같은 일들이 마음을 베일 듯 스쳐 지나갔다. 한번은 내가 정말 왜 이러나 싶어서 가까운 정신과 전화번호를 찾았는데, 전화를 걸어 예약을 잡으려고 하니까 일이 끝난 후에는 상담받을 수 있는 시간이 없었다. 살기 위해서는 분명 이렇게 일해야 하는 게 맞는데, 어느샌가 몸도 마음도 만신창이가 되어서는 그거 한번 고쳐보겠다고 발버둥 좀 쳐보겠다는데 그럴 시간도 없다는 게 참.

조만간 또 한 번 그곳을 찾게 될 것 같다. 이번엔 지금 가장 사랑하는 사람을 데려가야지. 내가 지금 이곳에서 어떤 것을 두고 가려고 하는지, 당신은 분명 말하지 않아도 이미 눈치채고 있겠지만. 당신은 나를 위해 평소 같은 대

화를 나누다가 그저 내 손 한 번 꼭 잡아주겠지. 그럼 나는
또 그렇게 몇 달을 잘 지내게 될 테니.

그래도 이번엔 안정의 유효기간이 평소보다 길어질지도
모르겠다. 내 옆에 당신이 있다는 이유로.

선악과

넌 내가 가진 것들 중에 가장 아름답고 가장 애달픈 존재. 너의 전부를 가진 것 같아 한참을 미소 짓게 하다가도, 모든 것을 잃어버린 것 같은 불안함에 밤새워 울게 만드는. 마냥 행복이라 정의 내릴 수 없어도 어떻게든 함께하고 싶게 하는 금단의 열매.

평생 누구에게도 이해받지 못하더라도 너에게만은 아주

조금이나마 이해받고 싶었고, 혹여 그럴 수 없어 무언가 하나를 내려놓아야 하는 상황이 온다고 해도 내가 놓을 수 있는 건 결코 네가 될 수 없겠지.

너는 내가 어떤 것을 잃어가며 너를 사랑하고 있는지 조금도 짐작하지 못하지만, 그런 것 따위는 평생 모른 채로 살아가도 좋아. 너만은 파도가 일렁이지 않는 안정 속에서 온종일 편안하기를.

짧은 연애를
반복하는
이유

끊임없이 새로운 연애를 하는 사람을 그다지 좋아하지 않는다. 물론 어떤 인생을 살든 그건 어디까지나 그 사람의 선택이기 때문에 굳이 대놓고 표현하고 '네가 그러는 게 싫어' 하면서 탓하지는 않지만, 그렇게 감정 전환이 빠른 사람과는 깊은 관계를 지속하려 하지 않는 편이다.

감정에게도 분명 쉬는 시간이 필요하다. 간혹 내게 "저는 왜 짧은 연애만 지속하게 될까요?" 하고 물어오는 사람들이 있다. 어떤 문제에 대한 이유를 단 한 가지로 정의 내리기는 어렵지만 답은 생각보다 간단하다. 아직 제대로 된 인연을 만나지 못했거나, 상대방과 나 자신 중 한 사람이 아직 감정 정리가 덜 되어 있는 상태이거나.

잠깐의 설렘을 사랑이라고 착각하기는 쉽다. 그 설렘이 어느 순간 편안함과 함께 정말 사랑이 되는 경우도 분명히 있다. 하지만 감정이 충분히 정리된 사람과 아직까지 복잡하게 얽혀 있는 사람은 관계를 대하는 태도에서 확연히 차이가 날 수밖에 없지 않나.

인연이 들어오는 시기를 내 마음대로 정할 수는 없는 법이고 사람은 사람으로 잊는 게 가장 빠르다지만, 매번 반복되는 감정 소비에 내가 어떤 사람이 되어가고 있는지 한 번쯤은 생각해보기를.

사랑이 사람을 지치게 할 때

좋아해,
좋아해요

자꾸 좋다고 말하면 뭐라도 하나 좋아질 것 같아서 계속 같은 말을 반복하던 시절이 있었다. 계속 웃다 보면 웃을 일이 생기고, 뭐라도 하다 보면 할 일이 생긴다던데. 믿는 대로 전부 다 이루어진다는 말이 네게만 적용되지 않는 이유는 너는 나를 사랑하지 않는다, 믿는 탓인가.

교집합이
없는 사이

무슨 수를 써도 도저히 이해할 수 없어서 이해하기를 포기했다. 포기하고 나니 싸울 일도 덜 생기고 나름대로 편하기는 한데, 매일같이 드는 생각이 하나 생겨버렸지.

내가 이렇게까지 하면서 너를 만나야 해?

사랑이 사람을 지치게 할 때

겨울
그리고 겨울

제대로 이어 보지 못하고 한참을 묵혀두었던 영화 〈타이타닉〉이 재개봉하던 날. 나는 수없는 연인들 사이에 홀로 앉아 영화 속 주인공들의 눈동자를 가만히 마음속에 담아두었다. 엔딩 크레딧이 올라가고 영화관에 앉아 있던 사람들이 전부 자리를 떠날 때까지 무언가에 홀린 듯 자리에 가만히 앉아, 심장이 쿵쿵거리는 것을 그대로 느끼고만 있었지. 이게 대체 무슨 감정일까, 하는 의구심을 품어가며.

Part 4

210

쉽게 떨어지지 않던 발걸음으로 집을 향하던 길, 귓가에 흘러나오는 어떻게든 행복해달라는 노래 가사와 그날따라 유난히 예쁘게 떠 있는 달을 바라보며 머릿속을 둥둥 표류하던 생각들은.

진실한 사랑은 죽음까지 감수할 수 있을까? 어디까지 사랑하면 내가 나를 버릴 수 있을까? 나를 버리면서까지 하는 사랑을, 사랑이라고 말할 수 있을까? 그런데 그게 사랑이 아니라면 그 감정을 대체할 단어가 존재는 할까? 내가 지금까지 해온 것들은 뭐였을까? 누군가 한 사람을 만나, 지금까지 내가 해온 것들이 전부 덮여 다른 것이 되어버린다면 그건 분명 사랑일 텐데. 여전히 어렵고도 어려운 감정.

지금껏 연애를 하며 행복했던 기억보다는 힘들었던 기억이 더 많았고, 항상 다음에는 이런 연애를 하지 않겠노라 다짐해왔다. 사람은 쉽게 변하지 않고 나 또한 어쩔 수 없는 사람이어서 매번 같은 상황을 반복하고 있지만.

너는 그냥 사랑인 채로 남아줄 수 있겠니. 네가 나의 봄이
되어줄 자신이 없더라도, 매일을 겨울에 살게 하더라도.
내가 너의 계절을 누구보다 사랑할 수 있게.

한 번은
실수,
두 번은 문제

지나간 인연에 마음 두지 말고
다가올 인연을 두려워하지 않으며
지난 인연에게서 배운 것들에 감사할 줄 알고
새로운 인연에게 같은 실수를 반복하지 않기를.

이별한 그 사람이 ———
생각날 때 ———

Universe

ㅇ
ㅇ
ㅇ

이 끝없는 우주 안에 인간이 아닌 다른 생명체가 살아가고
있다면, 그들도 사랑이라는 걸 하느냐고 꼭 한번 물어보고
싶었다.

사랑이라는 단어를 어떻게 표현하는지, 사랑 때문에 울어
본 적은 있는지. 가정이라는 사회적 통념 같은 건 존재하
지 않더라도, 누군가와 한평생을 같이하고 싶다고 생각해

보았는지. 지금까지의 기대가 한 번에 무너졌을 때 마음도
함께 무너져본 적이 있는지. 아직까지도 보고 싶어 하는
사람이 있는지.

그렇다면 지금 내 마음을 이해할 수 있는지.

소나기

⌣
⌣
⌣

비가 오는 날에는 유독 연락하고 싶은 사람들이 많다. 돌려 말하면 그날은 내가 누군가의 연락이 필요한 날이라는 말이다. 날씨에 따라 기분이 좌지우지되는 종류의 사람들이 있다. 나도 거기에 해당하는 사람 중 하나인지라, 영국에는 시도 때도 없이 비가 온다는 말을 듣고 아마 나는 거기 살면 우울증에 걸리지 않을까 하고 생각해본 적도 있었다. 물론 지금 마음 같아서는 어디든 떠날 수만 있다면 좋을 것 같기는 하지만.

이번 여름은 유독 비가 많이 왔다. 한번 비가 내릴 때마다 인정사정없이 잔뜩 쏟아부어준 덕에 바지가 다 젖어버린 날이 며칠이었더라. 출근길마다 툴툴거리면서 대체 날씨가 왜 이러냐고 투정 부린 날이 대부분이긴 했지만 정말 딱 하루, 비가 와서 조금 기뻤던 날도 있었다. 자리를 털고 나오자마자 기다리기라도 한 것처럼 바로 쏟아붓는 빗줄기 때문에, 이러지도 저러지도 못하고 가만히 비를 피하고 서 있던 그 날. 솔직히 나는 우리가 서 있던 곳 주변에 우산을 살 곳이 없기를 바랐다. 어차피 마지막이라는 거 다 아는데. 다 알고 있으니까 조금만 더, 아주 조금만 더 같이 있을 수 있었으면 했던 거였지.

내 바람과는 달리 너는 어디선가 우산을 사 들고 나타났고, 우리는 그렇게 각자의 길로 떠나갔다. 우습게도 네가 우산을 사 오자마자 비는 거짓말처럼 그쳐버렸지. 잠깐 비를 피하고 서 있던 그 타이밍에 내가 너를 사랑한다 말했다면 우린 어쩌면 조금 달라질 수 있었을까. 네가 아직 나를 사랑하고 있을 거라는 확신 대신 내가 너를 사랑하고 있음을 전했다면. 그 말도 빗소리에 전부 부질없이 흘러갔으려나.

해보지 못한 일은 항상 이렇게 후회로만 남게 된다. 미안하다는 말도, 사랑한다는 말도 매번 생각날 때마다 꺼내놓을 수 있는 사람이고 싶은데 왜 나는 그게 그렇게 어려울까. 비 오는 날이면 늘 나를 떠나버렸던 네 덕분에, 나는 오늘도 이 비가 그치면 네가 돌아오지 않을까 하는 우스운 생각을 해본다. 안타깝게도 오늘 내게는 우산이 없다. 그래서 슬픈 거다. 네가 없어서가 아니라, 비가 오는데 우산이 없어서. 그냥 그래서.

습관처럼
기억되는
사람

사람 때문에 생긴 습관은, 언제고 그 사람을 생각나게 만든다. 무심코 뱉은 말 한마디가 그 사람과 닮아 있을 때. 아무렇지 않게 시킨 메뉴가 그 사람이 좋아하던 것이었을 때. 분명 모든 건 나의 선택으로 이루어졌을 텐데, 그 사람 때문에 만들어진 습관 하나를 고치지 않기로 마음먹었을 때.

나는 그렇게 아주 오래도록 당신을 기억하기로 했지. 잊는다는 말이 또다시 당신을 불러올 것을 알기에.

안녕의
안녕

그 사람이 아무렇지 않게 나를 보냈기 때문에 나도 그래야만 한다는 건 얼마나 우스운 말인가요. 세상에 똑같은 사람은 없습니다. 감정을 정리하는 시간도, 다시 사랑을 하는 데 필요한 시간도 모두가 다를 수밖에 없어요. 우리는 전부 다 다른 사람이니까.

일찍이 마음을 정리했다고 해서 주변의 타박을 받을 필요도, 마음 정리가 오래 걸렸다고 해서 미련하다 욕먹을 필

이별한 그 사람이 생각날 때

요도 없습니다. 내가 할 줄 아는 만큼, 할 수 있는 만큼만 하는 거니까요. 평소에는 이렇게나 빨랐는데 지금은 이만큼이나 느리게 하게 되는 일 또한 존재합니다. 다만, 제가 하고 싶은 말은 어쨌거나 남아 있는 쪽이 조금 더 아픈 것만은 분명하니까. 진심 어린 위로까지는 못하더라도 마음이 조금이나마 풀릴 수 있도록 가만히 들어줄 수는 있지 않냐는 겁니다. 그 잠깐의 다정이 독이 된다는 걸 알면서도, 그게 무엇보다 간절한 사람이 생각보다 많거든요.

행복한 이별은 없어도 완벽한 이별은 있습니다. 한쪽만 끝내고 간다고 해서 이별이 온전해지지는 않아요. 그러니 당신이 사랑을 했고 그 마음이 진심이었다면 말해주세요. 너를 아주 많이 사랑했었다고. 이 마음이 이제 다른 곳을 향하더라도 그 시간 속의 나만큼은 영원히 너를 사랑하고 있을 거라고. 지키지 못한 약속이 너무 많아 미안하다고. 그렇게 안녕의, 안녕을.

다 주고 나니
오히려
　　　남은 게 많았어

다른 건 몰라도 마음만큼은 아끼지 말아야 한다.
아껴두어 한곳에 뭉쳐 있던 마음은 미련이라 불리며
언젠가 꼭 한 번은 사람을 망가뜨린다.

매번
반복하는 일

지나고 나면 전부 별거 아닌 일이 된다지만, 단지 그 문제 하나로 며칠 밤을 새워가며 마음을 졸이던 때가 있었다. 첫날밤엔 네가 미웠고, 그다음 날엔 내가 미웠고, 그다음 날엔 우리가 미웠으며, 또 하루가 지나고 나면 사랑이 미웠다. 그렇게 하나둘씩 원망하다 보면 결국 모든 것은 처음으로 돌아왔다. 무언가를 탓하는 것에는 아무런 힘이 없음을 다시 한번 깨닫고 나서야 나는 끝없는 도돌이표에 마침표를 찍을 수 있었지.

무언가를 진작 알고 있었다고 해도, 쉽게 달라지지 않는
것은 분명 있다.

진짜 이별

사실 처음에는 네가 나 아닌 다른 사람을 만난다는 걸 상상도 할 수 없었다. 그만큼 너를 나의 사람이라 믿고 있던 시간이 길었으니까. 네가 그 사람과 함께 나와 걷던 길을 걸으며 내 자리를 그 사람으로 채워가는 동안, 나는 너에게서 점점 작아지고 있는 나의 자리를 실감하며 지옥 같은 하루하루를 보냈지. 그런데 이것도 참 우습더라. 곧 죽을 것 같은 불행에도 어떻게든 익숙해진다고, 일부러 너와 그 사람이 찍은 사진을 찾아보면서 너는 더 이상 나의 사람이 아니라 체념하던 게 오히려 도움이 되었어. 속이 미어질 듯 아파서 몰래 화장실에 가서 울고 올 때도 많았는데, 이제는 그냥 네가 그 사람과 있는 게 당연한 것 같아. 그래, 이제야 내가 완벽히 적응한 거야, 너와의 이별에. 너무 오래 끌어 미안하다고 말하고 싶었어.

너와 헤어지고, 밤만 되면 침대에 누워 천장만 바라보면서 지난 시간을 하나씩 차근차근 되돌아봤어. 서로에 대한 간절함을 숨길 수 없던 순간도, 소리 지르며 싸우면서도 서로에 대한 사랑은 잃을 수 없던 기억들도. 마치 눈앞에 파노라마를 틀어놓은 것처럼 전부 곱씹어보면서, 나 혼자 네게 고맙다가 미안했다가 참 볼만했었다. 그렇게 네게 남아 있던 모든 감정을 죄다 끌어다 쓴 것 같아.

그러는 동안 몇 번은 너무 힘들어서 믿지도 않는 신에게 너를 돌려달라 빌어도 봤어. 그래서는 안 되는 거 알면서도 너한테 연락해서 울어도 봤지만, 이제 더는 그런 소원

같은 거 빌지 않을래. 나 혼자 남은 시간에도 후회 없을 만큼 너를 사랑했으니 이제는 됐어.

비로소 내게 그 무엇도 되지 않은 것을 축하해. 나는 이제 너를 사랑하지도 미워하지도 않아. 내가 말한 적 있지. 나라는 사람은 한번 감정이 사라지는 시간은 오래 걸리지만, 그 뒤부터는 어떤 감정도 느끼지 못한다고. 그래서 그 사람에 대한 모든 것을 더는 궁금해하지 않는다고. 나는 이게 너한테만은 해당되지 않는다고 생각했는데, 이제는 그럴 수 있다고 얘기할 수 있어.

네가 감정의 밑바닥에 놓여 울고 있던 그 시간에, 너를 마음 가득 안아주지 못했다는 게 미안하고 또 미안했어. 그날의 후회가 나를 오늘까지 묶어두고 있었던 것 같아. 그러니 네 곁의 사람은 부디 나보다 더 안정감 있고 한없이 착한 사람이라, 어떤 상황에서도 너를 혼자 두는 일이 없기를 바라.

하고 싶은 말은 다 했으니까 이제 네 연락을 기다리는 일은 없을 거야. 사랑은 노력하는 게 아니라니까. 내 미래의 모든 계획에 빼곡하게 너를 채워놨을 만큼. 어떤 순간에도 너보다 다른 것을 우선순위에 놓아본 적 없을 만큼. 내가 가진 모든 걸 다 주어도 아깝지 않을 만큼. 너라면 내가 매일 울어도 참아볼 수 있겠다 하는 미친 생각을 할 만큼. 이 지구에서 내가 너를 가장 사랑하고 있다 자신할 만큼. 너를 아주 많이 사랑했었어. 이게 내가 너에게 이번 생에 남기는 마지막 인사야. 내게 너무 아픈 기억으로 오래 머물지 않아 주어 고맙다. 행복하게 잘 지내. 네 바람대로 나도 사랑받으며 잘 지낼게. 이젠 정말 안녕.

줄다리기 기간

‿‿
‿‿

나한테는 남들과는 다른 특별한 시기가 있다. 나는 그걸 '줄다리기 기간'이라고 부른다. 사실 엄청난 뜻이 있는 것은 아니다. 그저 유달리 연달아 나타나는 숫자를 자주 보게 되는 기간이 있는데, 예를 들면 갑자기 시계를 봤는데 3시 33분이라거나, 2222번 버스를 매일 마주치게 된다거나, 메신저에 떠 있는 숫자가 11개, 좋아요 숫자가 555개, 댓글 숫자가 88개 이런 식으로 하루에도 몇 번씩 같은 숫자를 보게 되는 기간. 나는 대체로 이 기간에 꽤나 힘든 일이 많았다. 그런 이유로 이 시간이 제발 얼른 좀 지나갔으면 좋겠다는 말을 달고 살았다. 근데 지금 생각해보면 꼭 그 시간 뒤에는 내 세상을 뒤흔들 만한 사랑이 찾아오거나, 나에게 기회가 될 만한 좋은 일들이 생겼다. 그래서 이제는 이 기간을 세상이 나와 줄다리기를 하는 시간이라고 생각하게 된 것이다.

지금 이 순간, 나는 한동안 나타나지 않아서 아쉬울 뻔했던 '줄다리기 기간'을 또다시 마주하고 있다. 당장은 매일같이 한두 가지의 사건이 터지고 버거움에 머리를 싸매는 날들이 계속되어도, 언젠가 이 모든 걸 보상받을 날이 온다는 것을 믿는다. 그날이 오면 오늘의 아픔은 털어버리고, 또다시 웃으며 그대를 맞이할 수 있기를.

잠들기 전 1분

⌣ ⌣
⌣

요즘은 더 이상 아프지 말자는 말을 수시로 되뇌며 산다.
물론 내가 아닌 너를 위한 기도다.

친애하는
나의 낭만

집에 혼자 있으면 아무 소리도 나지 않고 적막하기만 한
게 싫어서, 괜히 보지도 않는 TV를 켜놓거나 스피커로 노
래를 틀어놓고는 한다. 그렇게 한참 시끄러운 기운이 돌고
나면, 그건 또 그거대로 싫어서 전부 다 꺼버리고 침묵만
이 맴도는 방 안에 가만히 앉아 있는데. 혼자 이랬다저랬
다 하는 꼴을 보고 있자면 나란 애는 왜 이렇게 변덕이 죽
끓듯이 끓나 싶기도 하고.

사실 가끔은 누군가 함께 있었으면 좋겠다. 아무 말 하지 않고 있어도 편하기만 한 사이. 한참을 아무것도 하지 않아도 불편하다거나 하는 것 없이 서로가 무엇을 원하는지 바로 알 수 있는 그런 사이. 주말 저녁이면 좋아하는 영화 한 편을 틀어놓고, 이 장면에서는 어떤 대사가 나왔었는데 하고 대화를 주고받을 수 있는 사이. 늦잠 자고 일어난 날이면, 잠이 덜 깬 눈을 비비고 있는 내게 커피 한 잔을 건네줄 수 있는 사이.

아마 이렇게 또 한 번의 사랑을 바라고 있는 것 같다. 사랑 없이 살 수 있다면 참 좋을 텐데, 인간은 왜 외로움을 느끼는 동물이어서. 그중에 나는 또 왜 다정에 한없이 약한 생명체여서.

스쳐간 다정에 한껏 물들었던 날들에 대한 대가가 이렇게나 쓰다. 나도 누군가를 전부 적실 수 있는 존재가 될 수 있을까.

바라지 않는
행복

〜
〜
〜

행복하라는 말을 우리의 마지막 말로 남기지 않았으면 좋
겠습니다. 차라리 내가 없이도 어떻게든 살아내 달라는 말
이 더 좋겠습니다.

너에게
남기는
마지막 인사

함께 웃던 날보다 함께 울던 날이 많은 사람이 기억에 오래 남는다는 걸 이제야 알게 되었습니다. 눈물에 한껏 젖어버린 시간들이 다시는 우리를 울리지 않았으면 좋겠습니다.

그 시절, 나를 위해 울어주어 진심으로 고마웠습니다.

감정이
남았다

ᵕ ᵕ
ᵕ ᵕ

지금까지 받은 편지들의 대부분을 소중하게 간직하고 있는 편인데, 이상하게 한때 연애를 하던 상대가 내게 써주었던 편지만은 가지고 있을 수가 없다. 헤어지면 그 사람이 해주었던 모든 것을 다 버려야 한다는 철칙을 가지고 있는 건 아닌데. 아마 예전에 한번 엄청나게 좋아했던 상대와 헤어지고 그나마 이제 좀 괜찮아졌다 싶을 때쯤 생각 정리를 하겠다고 한참 집 청소를 하다 나온 편지 한 통에 마음이 죄다 무너져버리고 난 뒤부터였던 것 같다. 이제 이 관계가 끝이구나, 하고 깨닫게 되면 집에 있는 편지부터 전부 내다 버리게 된 것이.

문장에는 감정이 남는다. 한때나마 나를 진심으로 사랑한다 말했던 이들이 내게 남겨둔 문장이 마음을 아프게 하지 않을 리 없다. 시간이 흐른 뒤 감정의 골이 얕아졌을 때 보게 된다면 '그때는 그랬지' 하고 웃어넘길 수 있겠지만, 사람을 내려놓는 데 오랜 시간이 걸리는 나로서는 쉽지 않다. 물론 가끔은 아쉬울 때도 있다. 그 시절을 가장 날것으로 담고 있는 것들을 잃었다는 사실 자체가 안타까운 건 어쩔 수 없으니까.

내가 써주었던 편지를 간직하고 있는 사람을 만나고 싶다. 강렬했던 사랑의 기억은 지나가고, 서로에 대한 잔잔한 애틋함만 남아 있는 사람을 만나 그 시절엔 내가 많이 고마웠다고 말해주고 싶다. 짧은 만남에 주제 없는 이야기만 늘어놓다 서로의 안녕을 빌어주며 헤어지고 싶다. 오래되어 아무런 힘이 없는 문장 대신, 빛나는 하루의 기억이 나를 살게 할 수 있다면.

정말
몰라서 그래

⌣
⌣
⌣

물론 모든 일이 전부 재미있어야 하는 건 아니지만, 내가 생각해도 이상할 만큼 많은 것에 흥미를 잃었다. 좋아하던 영화를 보는 것도, 친구들과 이야기를 나누는 것도, 마음이 편안해지는 거리를 거니는 것도 이제 더는 특별하게 여겨지지 않는다. 늘 똑같이 쳇바퀴처럼 굴러가는 일상을 살면서, 오늘은 무언가 다른 일이 있을까 기대하다 실망하는 일을 반복하고 있다. 그다지 우울하지 않지만, 그렇게 즐겁지도 않다. 나도 모르는 사이 주변 사람들에게 모르겠다는 말을 끊임없이 늘어놓고 있다. 뭘 해야 할지 모르겠어. 이대로 괜찮은 건지 모르겠어. 어떻게 해야 할지 모르겠어. 내가 왜 이러는지 모르겠어. 아니, 정말 몰라서 그래. 너는 알겠어?

너는 이미 다 잊어버렸을 우리의 약속을 나 혼자 지켜내는 동안 내가 생각보다 더 많이 망가져버렸던 걸까? 이 넓은 세상에서 인연이라는 이름으로 너와 나, 우리 두 사람을 만나도록 하셨으면 어떻게든 헤어지지 않게 해달라고, 지난 모든 순간을 이름 모를 신께 애절하리만큼 매달렸었다. 그 시간 동안 온 마음으로 고스란히 받아들인 상처를 통해 한 가지 깨닫게 된 것이 있다면, 사랑에 대해 신이 들어줄 수 있는 소원은, 두 사람이 같은 소원을 빌었을 때밖에는 없다는 거였지. 그마저 전부 이루어진다고 볼 수 없는 상황에서 나 혼자 비는 소원 같은 게 뭐 그리 큰 힘을 가지고 있었을까.

인생에서, 사랑에서 권태기를 맞이했다는 건 어떻게 보면 다른 곳으로 나아갈 커다란 전환점을 맞이했다는 의미로도 받아들일 수 있다. 내가 지금 어떤 것을 해야 할지도 모르겠고, 누구를 사랑해야 할지도 모르겠다고 해서 이토록 공허한 순간들이 언제까지고 지속되지는 않을 것이다. 마음을 내려놓고 잠자코 흘러가는 대로 인생의 바다 위를 둥둥 떠내려가다 보면, 폭풍우를 마주치는 날도 있겠지만 마음이 꽉 찰 만큼 찬란한 노을이 가득 안기는 날도 있겠지.

지금 당장 내가 왜 이러는지 너는 알겠냐며 펑펑 울어버리더라도. 이까짓 소원은 아무런 힘이 없다며 절망하는 새벽을 보내게 되더라도. 나는 믿고 있다. 무너지지 않고 버텨내다 보면 분명 어딘가에는 도달할 수 있을 거라고. 태어나 단 한 사람만은 이토록 힘든 시기를 이겨낸 나라는 사람을 진심으로 보듬어줄 거라고. 그러니 어떻게든 살아보자고. 살아내 보자고. 다른 어떤 것도 아닌 오직 나를 위해서. 그리고 언젠가 나를 세상이라 칭해줄 너를 위해서. 오늘도 사랑해, 나의 우울.

기억의
매개체

～
～

나는 너에게 무엇으로 기억되었을까. 아무래도 밤하늘에
떠 있는 달님 같은 것이었으면 좋겠다. 그렇게 아주 잠시
라도 두고두고 기억되는 찬란이고 싶다. 당신이 더는 나를
사랑하지 않더라도 말이다.

너와 나의
시절을 사랑해

이별한 뒤 가장 받아들이기 힘든 것이 있다면, 나를 사랑
하던 사람이 다른 사람을 사랑하고 있다는 사실이다. 연애
를 끝내고 이별을 맞이하고 나면 나에게도 상대방에게도
또 다른 사랑이 찾아오기 마련이다. 사랑이 찾아오는 타이
밍은 사람마다 너무도 달라서, 한쪽은 갑작스럽게 찾아온
새 인연에 행복해할 때 남은 한쪽은 그 모습을 바라보며
속을 끓이는 경우를 자주 본다. 아직 남아 있는 지난 연애

의 잔상 때문에 그걸 지켜보기 힘든 것은 어찌 보면 당연한 일이겠지만, 그 사람이 나의 사람이 아니라는 것을 인정하는 일 또한 이별의 과정임을 부정할 수 없다.

누구도 한 사람을 완전히 소유할 수 없다. 그저 사랑이라는 이유로 스스로를 묶어 당신 곁에 두었을 뿐이지, 그 사람은 언제든 그 사슬을 풀고 떠날 수 있는 사람이었다. 나를 떠난 이유가 더는 나를 사랑하지 않아서건, 나보다 다른 것이 더 중요해서건 그런 것은 이제 더는 중요하지 않다. 뭐가 어찌 되었든 그 사람은 나를 떠났고, 더는 나를 사랑하지 않으며, 나의 하루를 궁금해하지 않고, 나를 보고 싶어 하지 않는다. 한 사람을 놓아줘야 하는 과정에서 희망 같은 것은 필요하지 않다. 차라리 모든 것을 부정하고 난 후에 그 시절 그 사람과 내가 서로를 사랑했다는 사실만을 남겨두는 편이 나을 테니까.

그나마 다행인 건 이제 그 사람이 나의 사랑이 아닌 것처럼, 그 사람이 한때 나의 전부였던 사실 역시 달라지지 않는다는 거다. 변하지 않는 것들 중 하나는 나를 죽여도, 하나는 나를 살릴 수 있어 다행이라고 할까.

사랑했던 사람아, 너의 이름을 마음속 한구석 깊이 묻어놓는다. 내가 아닌 누군가의 사랑이 되어 평생을 살더라도, 함께였던 그 시간만큼은 너에게 영원히 빛나는 추억으로 남기를.

뒤돌아보지
않기

어느 것 하나 그립지 않은 게 없지만 돌아가지는 않을
생각입니다.

그리움은 이대로 남아야 아름다운 법이니까요.

사람도, 장소도, 그 시절도.

그리고

잊지 못할 당신 역시도.

지하철을
반대로
탔거든

⌣
⌣
⌣

회사에서 퇴근하고 집에 오는 길에 지하철을 반대로 타놓
고는 모른 채 한참 있다가 결국 다섯 정거장이 지나고 난
후에야 무언가 잘못되었다는 사실을 알았다. 주말을 빼고
한 주 중 꼬박 5일이라는 시간을 같은 길을 오가는 데 소
요하고 있으면서, 그렇게 적응된 곳에서도 길을 잘못 들어
한참을 돌아가게 만든 나 자신에게 너무도 화가 났다. 그
러면서도 한편으로는 결국 익숙한 길이라고 별생각 없이

행동한 내 탓인데 이걸 뭐 어쩌나 싶더라.

익숙하다는 것은 사람이 무언가를 어려움 없이 잘 해낼 수 있게 하는 데 도움을 준다. 동시에 무방비 상태에 놓이도록 한다. 당연히 잘하리라 생각하기 때문에 그 문제에 큰 에너지를 쓰지 않게 되는 것이다. 그러다 보면 오늘 내가 지하철을 반대 방향으로 탄 것처럼 예상치 못한 실수가 벌어진다. 혼자 한 실수라면 큰 문제가 되지 않지만, 사람과 사람 사이의 관계에서 일어난 일이라면 양상이 달라질 수밖에 없다.

물론 익숙해질 만큼 가까운 사이라면 작은 실수 정도야 웃으며 넘어갈 수 있겠지. 그래도 두 번 세 번 같은 문제가 발생하고 나면 이것이 단지 잠시 정신을 똑바로 차리지 못해서 벌어진 일이 아니라, 무신경했기 때문에 벌어진 일이라는 걸 점차 체감하게 된다. 익숙한 것일수록 그저 두고만 보아야 하는 게 아니라, 조금 더 신경 쓰고 지켜봐 주어야 한다. 당연히 이해해주겠지, 하는 자만심으로 더는 누군가를 아프게 해서는 안 된다는 말이다.

가끔은 내가 소홀해 놓쳐버린 인연들이 그저 반대 방향으로 탄 지하철 같은 것이어서 뛰어가 반대편으로 향하면 다시 도달할 수 있는 것이었다면, 하고 부질없는 소리를 하게 될 때가 있다. 그러나 사람은 그저 지나가는 정거장이 아니다. 익숙한 이 길의 끝에서 늘 나를 기다리고 있던 너는 더 이상 나를 기다리지 않는다. 이제야 제대로 집을 향해 달리고 있는 지하철에서 꼬리를 무는 생각들을 이어붙이며 한참을 다짐했다. 너무도 익숙해 소중함을 잊어버린 많은 것들을 이제는 매일 새로이 되새겨보겠다고. 다른 건 몰라도 이런 이유로는 너를 잃지 않겠다고.

오전
03시 43분

오늘처럼 자존감이 바닥을 치고 네가 아무것도 아닌 것 같은 날에는 나를 찾아와. 적어도 나한테 너는 여전히 소중한 사람일 테니까. 우리가 더 이상 사랑이 아니고 다른 사람 눈엔 남보다 못한 사이처럼 보이더라도, 아주 잠시나마 네가 떠오를 때마다 너를 위해 진심으로 기도할게.

이별한 그 사람이 생각날 때

깨어나면
울게 되는
꿈

이제는 너와 제대로 된 이별을 하고 싶다. 여전히 너를 보내지 못하고 있음은 어디까지나 나의 과실이다. 어김없이 네가 찾아오는 새벽은 다른 어떤 것보다도 날카롭다. 그 뾰족한 것들이 마음을 여기저기 찔러댈 때면, 나는 그것도 어쩔 수 없는 너라며 피할 생각도 하지 못한 채로 아픈 너를 그대로 끌어안아 버린다. 이제 익숙해질 때도 되었는데 도무지 적응이 되질 않는다. 이런 아픔보다도, 네가 내 곁에 없다는 사실 하나가.

너를 이대로 놓고 싶지 않다는 이유로 날마다 가슴 졸이며 멀어져가는 네 그림자 위에 주저앉아 울던 시간들이 벌써 한 계절을 꼬박 채웠다. 계절이 지나 새 옷을 갈아입듯 쉬이 보낼 수 있는 사람이었다면 나는 지금 다른 사람을 사랑하고 있었을까. 기억하고 싶지 않은 것들은 선명하게 기억하고, 정작 기억하고 싶었던 것들은 잊어버리고 마는 망각의 모순 속에. 나는 오늘도 네게 받은 상처를 까맣게 잊어버린 채 너와 또 한 번 사랑에 빠지는 꿈을 꾼다. 깨어나면 별수 없이 울게 되리란 걸 알면서도.

부디 다음 생엔 우리가 서로의 악몽이 되지 않기를. 전화기 너머로 들려오는 네 목소리에 어쩔 수 없다는 듯 너란 운명을 예감하기를. 내가 너를 기다리느라 소비한 이 순간들이 보란 듯이 보상받기를. 네가 나를 조금만 더 사랑해주기를. 어떤 순간이 와도 내 손을 놓지 않기를. 돌고 돌아 이별의 과정마저도 사랑으로 승화시킬 수 있는 우리이기를.

스쳐가는 순간들을 매일같이 기록하고, 잊고 싶은 누군가를 어김없이 기억합니다.
아무것도 정해진 것이 없는 이곳에서 당신을 만나
이렇게 잠시나마 이야기를 나눌 수 있어 영광입니다.
자주 불행하고 가끔 행복한 우리가 이 짧은 시절에 힘입어
하루라도 더 살아낼 수 있었으면 좋겠습니다.

내가 나여서, 그것만으로 충분한 사람이 될 수 있을 때까지
당신을 조용히 응원하겠습니다.
우리는 분명 이대로도 참 괜찮은 사람이니까요.